卞尺丹几乙し丹卞と
Translated Language Learning

Alice's Adventures in Wonderland

Приключения Алисы в Стране чудес

Lewis Carroll
Льюис Кэрролл

English / Русский

Down the Rabbit Hole
Вниз по кроличьей норе

Alice was beginning to get very tired
Алиса начинала сильно уставать
she was sitting by her sister on the grass bank
Она сидела рядом с сестрой на лужайке
but she had nothing to do
Но делать ей было нечего
her sister was reading a book
Ее сестра читала книгу
once or twice Alice peeped into the book
раз или два Алиса заглядывала в книгу
but the book had no pictures or conversations in it
Но в книге не было ни картинок, ни разговоров
"what use is a book without pictures?," thought Alice
"Что толку от книги без картинок?" - думала Алиса
"why would a book have no conversations?"
«Почему в книге нет разговоров?»
but she had other things to consider
Но у нее были и другие заботы

"making a chain of daisies would be a pleasure"
«Сделать цепочку из ромашек было бы удовольствием»
"but is it worth the effort of getting up and picking the daisies??"
«Но стоит ли это усилий, чтобы встать и собрать ромашки??»
this was not so easy to think about
Об этом было не так просто подумать
because the day was making her feel sleepy and stupid
Потому что этот день заставлял ее чувствовать себя сонной и глупой
but suddenly her thoughts were interrupted
Но внезапно ее мысли прервались
a White Rabbit with pink eyes ran close by her
рядом с ней пробежал Белый Кролик с розовыми глазами

There was nothing overly remarkable about the rabbit
В кролике не было ничего особенного
and Alice did not think the rabbit remarkable either
и Алиса тоже не считала кролика примечательным

nor did it surprise her when the Rabbit spoke

и она не удивилась, когда Кролик заговорил

"Oh dear! I shall be too late!" he said to himself

«О боже! Я опоздаю!» — сказал он себе

but then the Rabbit did something that rabbits didn't do

но потом Кролик сделал то, чего не делали кролики

the Rabbit took a watch out of its waistcoat-pocket

Кролик вынул часы из жилетного кармана

he looked at the time and then hurried on

Он посмотрел на время и поспешил дальше

Alice got to her feet, in amazement

Алиса в изумлении вскочила на ноги

she had never seen a rabbit with a waistcoat before!

Она никогда раньше не видела кролика в жилете!

nor had she ever seen a rabbit with a watch!

и она никогда не видела кролика с часами!

Alice was burning with a new curiosity

Алиса горела новым любопытством

and she ran across the field after the Rabbit

и она побежала через поле за Кроликом

she was just in time to see the rabbit disappear

Она как раз успела увидеть, как кролик исчезает

the rabbit hopped down into a large rabbit-hole

Кролик спрыгнул в большую кроличью нору

In another moment, down went Alice after the rabbit!

Еще мгновение Алиса спустилась вниз за кроликом!

The rabbit-hole went straight on like a tunnel

Кроличья нора шла прямо, как туннель

and the tunnel kept going for some distance

И туннель продолжал идти на некоторое расстояние

and then the path suddenly dipped down

И тут тропинка внезапно опустилась вниз

Alice had not a moment to think about stopping herself

У Алисы не было ни минуты для того, чтобы остановить себя

she found herself falling down and down and down

Она обнаружила, что падает вниз, вниз и вниз

it seemed as if she had fallen down a very deep well

Казалось, что она упала в очень глубокий колодец

Either the well was very deep, or she fell very slowly

То ли колодец был очень глубоким, то ли она падала очень медленно

because she had plenty of time to fall

Потому что у нее было много времени, чтобы упасть

as she was falling she could look all around her

Когда она падала, она могла смотреть вокруг себя

First, she tried to make out where she was going

Сначала она попыталась разобрать, куда идет

but the well was too dark to see anything

Но колодец был слишком темным, чтобы что-то разглядеть

then she looked at the sides of the well

Затем она посмотрела на стенки колодца

and she noticed that there were cupboards all around her

И она заметила, что вокруг нее стоят шкафы

and all around the well were book-shelves

А вокруг колодца стояли книжные полки

here and there she saw maps and pictures hung upon pegs

То тут, то там она видела карты и картины, висящие на колышках

She took down a jar from one of the shelves as she passed

Проходя мимо, она сняла банку с одной из полок

the jar was labelled for its content

На банку была нанесена маркировка по содержимому

"MARMALADE MADE FROM ORANGES"

"МАРМЕЛАД ИЗ АПЕЛЬСИНОВ"

but, to her great disappointment, the marmalade jar was empty

Но, к ее великому разочарованию, банка с мармеладом была пуста

she did not want to drop the empty marmalade jar

Она не хотела ронять пустую банку из-под мармелада

and her fall was very slow

и падение у нее было очень медленным

so she managed to put the marmalade jar into one of the cupboards

Поэтому ей удалось положить баночку с мармеладом в один из шкафов

Down, down, down she fall!

Вниз, вниз, вниз она падает!

Would the fall ever come to an end?

Закончится ли когда-нибудь падение?

There was nothing else to do

Делать было нечего

so Alice soon began talking to herself

поэтому Алиса вскоре начала разговаривать сама с собой

"Dinah will miss me very much tonight, I should think!"

— Думаю, Дина будет очень скучать по мне сегодня вечером!

Dinah was Alice's cat

Дина была кошкой Алисы

"I hope they'll remember her saucer of milk at tea-time"

«Надеюсь, они вспомнят ее блюдце с молоком во время чаепития»

"Dinah, my dear, I wish you were down here with me!"

— Дина, моя дорогая, как бы я хотела, чтобы ты была здесь со мной!

Alice felt that she was dozing off

Алиса почувствовала, что задремлет

and then suddenly, thump! thump!

И тут вдруг, бах! бухать!

down she fell upon a heap of sticks

Она упала вниз на кучу палок

and she landed on a pile of dry leaves

И она приземлилась на кучу сухих листьев

and finally the long fall down the hole was over

И, наконец, долгое падение в яму закончилось

Alice was not a bit hurt

Алиса ничуть не обиделась

and she jumped up within a moment

И она вскочила в мгновение ока

She looked up, but it was all dark overhead

Она подняла глаза, но над головой было темно

in front of her was another long corridor

Перед ней был еще один длинный коридор

and the White Rabbit was still in sight

а Белый Кролик все еще был в поле зрения

he was hurrying down the corridor

Он спешил по коридору

There was not a moment to be lost

Нельзя было терять ни минуты

off ran Alice like the wind

Алиса побежала, как ветер

around the corner turned the rabbit

За углом обернулся кролик

she was just in time to hear the rabbit

Она как раз успела услышать крик кролика

""Oh, my ears and whiskers"

«О, мои уши и усы»

"how late it's getting!"

«Как уже поздно!»

She was close behind the rabbit

Она была близко позади кролика

she turned around another corner

Она завернула за другой угол

but the Rabbit was no longer to be seen

но Кролика больше не было видно

She found herself in a long, low hall

Она очутилась в длинном низком зале

the hall was lit up by a row of ceiling lamps

Зал освещался рядом потолочных светильников

There were doors all around the hall

По всему залу были двери

but all the doors were locked

но все двери были заперты

she walked all the way down one side of the hall

Она прошла весь путь по одной стороне зала

and she had walked all the way up the other side of the hall

и она прошла весь путь вверх по другой стороне зала
she had tried every door
Она перепробовала каждую дверь
and she walked sadly down the middle of the hall
И она грустно пошла по середине зала
"how am I ever going to get out again?"
«Как я когда-нибудь выйду из дома?»

Suddenly she came upon a little table
Вдруг она наткнулась на маленький столик
the table was made entirely of solid glass
Стол был полностью изготовлен из цельного стекла
There was nothing on the table but a tiny golden key
На столе не было ничего, кроме крошечного золотого
ключика
the key might belong to one of the doors!

Ключ может принадлежать одной из дверей!

but, alas! some of the locks were too large for the keys

Но, увы! Некоторые замки были слишком велики для ключей

and for the other locks the key was too small

а для других замков ключ был слишком мал

but, at any rate, the key opened none of the doors

Но, во всяком случае, ключ не открывал ни одной из дверей

but what was she to do?

Но что ей было делать?

she went through the hall again

Она снова прошла по залу

and this time she noticed a low curtain

И на этот раз она обратила внимание на низкую занавеску

behind the curtain was a little door

За занавеской была маленькая дверца

the door was about fifteen inches high

Дверь была около пятнадцати дюймов в высоту

She tried the little golden key in the lock

Она попробовала маленький золотой ключик в замке

and to her great delight, the key fit in the lock!

И, к ее великому удовольствию, ключ подошел к замку!

Alice opened the door

Алиса открыла дверь

and she found the door led into a small corridor

и она обнаружила, что дверь ведет в небольшой коридор

the corridor was not much larger than a rat-hole

Коридор был не больше крысиной норы

she knelt down and looked along the corridor

Она опустилась на колени и посмотрела по коридору

and she saw the loveliest garden you have ever seen

И она увидела самый прекрасный сад, который ты когда-либо видел

how she longed to get out of that dark hall

Как ей хотелось выбраться из этого темного зала

how she wanted to wander among those bright flowers

Как ей хотелось побродить среди этих ярких цветов
how cool refreshing those fountains looked
Как круто освежающие выглядели эти фонтаны
but she could not even get her head through the doorway
Но она даже не могла просунуть голову в дверной проем
"Oh," said Alice, mournfully
-- О-о, -- печально сказала Алиса
"how I wish I could fold up like a telescope!"
«Как бы мне хотелось сложиться, как телескоп!»
"I think I could fold up like a telescope"
«Думаю, я мог бы сложиться, как телескоп»
"if I only knew how to begin"
«Если бы я только знал, с чего начать»
Alice went back to the table
Алиса вернулась к столу
there was the chance of finding another key
Был шанс найти еще один ключ
or there might be a book of rules
Или может быть книга правил
the book could tell her how to fold up like a telescope
Книга могла бы рассказать ей, как складываться, как в телескоп
This time she found a little bottle
На этот раз она нашла маленькую бутылочку
"this bottle certainly was not here before," said Alice
— Этой бутылки здесь точно не было, — сказала Алиса
and tied around the neck of the bottle was a paper label
А вокруг горлышка бутылки была завязана бумажная этикетка
the label was beautifully printed in large letters
Этикетка была красиво напечатана крупными буквами
"DRINK ME"
«ВЫПЕЙ МЕНЯ»
"No, I'll look first," she said
«Нет, я сначала посмотрю», — сказала она
"I'll see whether the bottle is marked as poisonous or not,"
«Я посмотрю, помечена ли бутылка как ядовитая или нет».

because she never forgot the lesson about poison

Потому что она никогда не забывала урок о яде

"if a bottle is labelled poisonous, it's bound to disagree with you"

«Если бутылка помечена как ядовитая, она обязательно с вами не согласится»

However, this bottle was not marked as poisonous

Однако эта бутылка не была помечена как ядовитая

so Alice ventured to taste the content of the bottle

поэтому Алиса отважилась попробовать содержимое бутылки

she found the liquid quite to her liking

Она обнаружила, что жидкость ей вполне по душе

the drink had a sort of mixed flavour

Напиток имел своего рода смешанный вкус

cherry-tart, custard, and pineapple

вишневый пирог, заварной крем и ананас

roast turkey, toffee, and toast with hot butter

Жареная индейка, ириски и тосты с горячим сливочным маслом

and she soon finished off the bottle

И вскоре она допила бутылку

"What a curious feeling!" said Alice

- Какое любопытное чувство, - сказала Алиса

"I am folding up like a telescope!"

«Я складываюсь, как телескоп!»

And she was folding up like a telescope indeed!

И она действительно складывалась, как телескоп!

She was now only ten inches high

Теперь она была всего десять дюймов в высоту

and her face brightened up at her thoughts

и лицо ее просветлело от ее мыслей

now she was the the right size for the little door

Теперь она была подходящего размера для маленькой дверцы

now she could go into that lovely garden

Теперь она могла пойти в этот прекрасный сад

soon she stopped getting smaller
Вскоре она перестала становиться меньше
she decided on going into the garden at once
Она решила немедленно отправиться в сад
but, alas for poor Alice!
но, увы бедной Алисе!
she got to the door
Она добралась до двери
but she had forgotten the little golden key
Но она забыла маленький золотой ключик
she went back to the table for the key
Она вернулась к столу за ключом
but she found she could not reach high enough
Но она обнаружила, что не может подняться достаточно высоко
she could see the key quite plainly through the glass
Через стекло она могла ясно видеть ключ
she tried to climb up the legs of the table
Она попыталась забраться на ножки стола
but the glass was far too slippery
Но стекло было слишком скользким
eventually she tired herself out with trying
В конце концов она утомила себя попытками
and the poor little girl sat down and cried
А бедная девочка села и заплакала
Alice spoke to herself rather sharply
Алиса говорила сама с собой довольно резко
"Come, there's no use in crying like that!"
— Ну, нечего так плакать!
"I advise you to stop right this minute!"
«Я советую вам остановиться прямо сейчас!»
She generally gave herself very good advice
Она вообще давала себе очень хорошие советы
though she very seldom followed her own advice
хотя она очень редко следовала своим собственным советам
and she sometimes was too harsh on herself

и иногда она была слишком сурова к себе

and her words brought tears into her eyes

и ее слова вызвали слезы на ее глазах

Soon her eye fell upon a little glass box

Вскоре ее взгляд упал на маленькую стеклянную коробочку

the little glass box was lying under the table

Маленькая стеклянная коробочка лежала под столом

in the glass box was a very small cake

В стеклянной коробке лежал очень маленький торт

on the cake some words were beautifully written

На торте были красиво написаны некоторые слова

the words had been marked in currants

Эти слова были помечены смородиной

"EAT ME"

«СЪЕШЬ МЕНЯ»

"Well, I'll eat the cake," said Alice

-- Ну, я съем торт, -- сказала Алиса

"and if the cake makes me grow larger, I can reach the key"

«И если торт заставит меня вырасти больше, я смогу добраться до ключа»

"and if the cake makes me grow smaller, I can creep under the door"

"И если торт заставит меня стать меньше, я могу пролезть под дверь"

"so either way I'll get into the garden"

«Так что в любом случае я пойду в сад»

"and I don't care which of the two happens!"

— И мне все равно, что из этого произойдет!

She ate a little bit of the cake

Она съела немного торта

and she anxiously spoke to herself:

И она с тревогой говорила про себя:

"Which way? Which way?"

— В какую сторону? В какую сторону?

and she held her hand on her head

и она держала руку на голове

she wanted to feel which way she was growing

Она хотела почувствовать, в каком направлении она растет

she was quite surprised to find what had happened

Она была весьма удивлена, узнав, что произошло

she had remained the same size!

Она осталась того же размера!

so this time she doubled her efforts

Так что на этот раз она удвоила свои усилия

and soon she finished off the whole cake

И вскоре она доела весь торт

The Pool of Tears
Лужа слез

"This is getting more and more interesting!" cried Alice

"Это становится все интереснее и интереснее!" - воскликнула Алиса

You can see she was very surprised

Вы можете видеть, что она была очень удивлена

"I'm opening out like the largest telescope there ever was!"

«Я открываюсь, как самый большой телескоп, который когда-либо был!»

"Good-bye, feet! Oh, my poor little feet"

— До свидания, ноги! О, мои бедные маленькие ножки!»

"I wonder who will put on your shoes for you now, dears?"

— Интересно, кто теперь наденет для вас туфли, дорогие?

"and I wonder who will put on your stockings?"

— А интересно, кто наденет твои чулки?

"I shall be a great deal too far away"

«Я буду слишком далеко»

"I won't be able trouble myself about you anymore"

«Я больше не смогу беспокоиться о тебе»

Just at this moment her head struck against something

Как раз в этот момент ее голова ударилась обо что-то

she had reached the roof of the hall

Она добралась до крыши зала

in fact, she was now more than two meters tall

На самом деле ее рост был уже более двух метров

and she at once took up the little golden key

И она тотчас же взяла маленький золотой ключик

and she hurried off to the garden door

И она поспешила к садовой двери

Poor Alice! There was not much she could do

Бедная Алиса! Она мало что могла сделать

she laid down on one side

она легла на бок

and she looked through into the garden with one eye

и она смотрела в сад одним глазом

but to get through was more hopeless than ever

Но прорваться было как никогда безнадежно
She sat down and began to cry again
Она села и снова заплакала
She went on shedding gallons of tears
Она продолжала проливать галлоны слез
soon there was a large pool all around her
Вскоре вокруг нее образовался большой бассейн
and the water reached half-way down the hall
и вода доходила до половины коридора
After a time, she heard a little pattering of feet
Через некоторое время она услышала легкий топот ног
she heard the feet coming from the distance
Она слышала издалека шаги
and she hastily dried her eyes to see what was coming
и она поспешно вытерла глаза, чтобы увидеть, что произойдет
It was the White Rabbit returning
Это было возвращение Белого Кролика
he was splendidly dressed
Он был великолепно одет
he had a pair of white gloves in one hand
В одной руке у него была пара белых перчаток
and he had a large feather fan in the other hand
а в другой руке у него был большой веер из перьев
He came trotting along in a great hurry
Он бежал рысью в большой спешке
and he muttered to himself, "Oh! the Duchess, the Duchess!"
и он пробормотал про себя: «О! Герцогиня, герцогиня!
"Oh! won't she be savage if I've kept her waiting!"
— О! Не будет ли она дикой, если я заставлю ее ждать!

When the Rabbit came near her, Alice spoke

Когда Кролик подошел к ней, Алиса заговорила

but she spoke in a low, timid voice

но она говорила тихим, робким голосом

"sir, please stop what you're doing for one moment"

«Сэр, пожалуйста, прекратите то, что вы делаете, на мгновение»

The Rabbit startled violently

Кролик сильно вздрогнул

he dropped the white gloves and the feather fan

Он сбросил белые перчатки и веер из перьев

and he scurried away into the darkness as fast as he could

И он помчался прочь в темноту так быстро, как только мог

Alice picked up the feather fan and gloves

Алиса взяла веер из перьев и перчатки

and she kept fanning herself while she kept talking

И она продолжала обмахиваться веером, продолжая говорить

"Dear, dear! How strange everything is today!"

«Милый, милый! Как странно все сегодня!»
"yesterday things went on just as usual"
«Вчера все шло своим чередом»
"Was I the same when I got up this morning?"
«Я был таким же, когда встал сегодня утром?»
"But if I'm not the same, there is another question"
«Но если я не такой, то есть другой вопрос»
"Who in the world am I?"
«Кто я такой?»
"Ah, that's the great puzzle!"
«, вот в чем великая головоломка!»
As she said this, she looked down at her hands
Сказав это, она посмотрела на свои руки
she was wearing one of the rabbits little white gloves
На ней была одна из маленьких белых перчаток кролика
she hadn't noticed she put the glove on while talking
Она не заметила, как надела перчатку во время разговора
"How can I have done that?" she thought
«Как я могла это сделать?» — подумала она
"I must be growing small again"
«Должно быть, я снова становлюсь маленьким»
She got up and went to the table to measure her height
Она встала и подошла к столу, чтобы измерить свой рост
she found that she was now about half a meter tall
Она обнаружила, что теперь ее рост составляет около полуметра
and she was still shrinking rapidly
и она все еще быстро уменьшалась
She soon found out what the cause of the shrinking was
Вскоре она узнала, в чем причина усадки
the feather fan was making her smaller again!
Веер из перьев снова делал ее меньше!
and she dropped the feather fan hastily
И она поспешно выронила веер из перьев
she dropped the feather fan just in time to save herself
Она уронила веер из перьев как раз вовремя, чтобы спасти себя

had she fanned herself any longer she would have shrunk away entirely

Если бы она еще больше обмахивалась веером, то совсем отпрянула бы

"That was a narrow escape!" said Alice

"Это было чудом спасшееся!" - сказала Алиса

and she was a good deal frightened at the sudden change

и она была очень напугана внезапной переменой

but she was very glad to find herself still in existence

но она была очень рада, что все еще существует

"And now, off to the garden!"

— А теперь в сад!

And she ran with all speed back to the little door

И она со всей скоростью побежала обратно к маленькой дверце

but, alas! the little door was shut again

Но, увы! Маленькая дверца снова захлопнулась

and the little golden key was lying on the glass table again

И маленький золотой ключик снова лежал на стеклянном столике

"Things are worse than ever," thought the poor child

«Дела обстоят хуже, чем когда-либо, – думал бедный ребенок

"I never was so small as this before, never!"

«Я никогда раньше не был таким маленьким, никогда!»

As she said these words, her foot slipped

Когда она произнесла эти слова, ее нога соскользнула

and in another moment there was a great splash!

И в следующий момент раздался большой всплеск!

she was up to her chin in salt-water

Она была по подбородок в соленой воде

Her first idea was that she had somehow fallen into the sea

Ее первой мыслью было то, что она каким-то образом упала в море

However, she soon realized what she was in

Однако вскоре она поняла, во что попала

she was in a pool of tears

Она была в луже слёз
the tears she had wept when she was two meters tall
слезы, которые она выплакала, когда была ростом два метра

Just then she heard something
В этот момент она что-то услышала
something was splashing about in the pool
Что-то плескалось в бассейне
the splashing came from a little way off
Брызги доносились издалека
and she swam nearer to see what the splashing was
и она подплыла ближе, чтобы посмотреть, что это за плеск
she soon saw that it was only a little mouse
Вскоре она увидела, что это всего лишь маленькая мышка
the little mouse had slipped in to the water too
Мышонок тоже соскользнул в воду
Alice thought to herself about the situation
Алиса задумалась про себя о сложившейся ситуации
"Would it be of any use to speak to this mouse?"
— Будет ли толку говорить с этой мышью?

"Everything is so up-side-down down here"
«Здесь все так перевернуто с ног на голову»
"I should think very likely this mouse can talk"
«Я думаю, очень вероятно, что эта мышь может говорить»
"at any rate, there's no harm in trying"
«Во всяком случае, нет ничего плохого в том, чтобы
попытаться»
So she began trying to talk to the mouse
Поэтому она начала пытаться разговаривать с мышкой
"Oh Mouse, do you know the way out of this pool?"
— О, Мышонок, ты знаешь, как выбраться из этого
бассейна?
"I am very tired of swimming about here, Oh Mouse!"
— Мне очень надоело плавать здесь, о Мышонок!
The mouse looked at her rather inquisitively
Мышка посмотрела на нее довольно пытливо
the mouse seemed to wink with one of its little eyes
Мышка, казалось, подмигнула одним из своих маленьких
глазков
but the little mouse said nothing
Но мышонок ничего не сказал
**"Perhaps the mouse doesn't understand English," thought
Alice**
"Может быть, мышка не понимает по-английски, -
подумала Алиса
"I dare say it's a French mouse"
«Осмелюсь сказать, что это французская мышь»
"perhaps this mouse came over with William the Conqueror"
«Возможно, эта мышь перешла вместе с Вильгельмом
Завоевателем»
So she began again, in French
Поэтому она начала снова, по-французски
"Where is my cat?" she asked in French
«Где моя кошка?» — спросила она по-французски
it was the first sentence in her French lesson-book
это было первое предложение в ее учебнике французского
языка

The Mouse gave a sudden leap out of the water
Мышка резко выпрыгнула из воды
and the mouse seemed to quiver all over with fright
И мышь, казалось, дрожала всем телом от страха
"Oh, I beg your pardon!" cried Alice hastily
-- О, прошу прощения, -- поспешно воскликнула Алиса
she was afraid that she had hurt the poor animal's feelings
Она боялась, что задела чувства бедного животного
"I quite forgot you didn't like cats"
«Я совсем забыла, что ты не любишь кошек»
"I don't like cats!" cried the Mouse in a shrill, passionate voice
"Я не люблю кошек!" - закричала Мышка пронзительным, страстным голосом
"Would you like cats, if you were me?"
— Ты бы хотел кошек на моем месте?
Alice comforted the mouse in a soothing tone
Алиса успокаивающим тоном успокаивала мышку
"Well, perhaps I would not like cats if I were you either"
«Ну, возможно, я бы на вашем месте тоже не любил кошек»
"please don't be angry about the mention of cats"
«Пожалуйста, не сердитесь из-за упоминания о кошках»
"And yet I wish I could show you our cat Dinah"
«И все же я хотел бы показать вам нашу кошку Дину»
"if you met her I think you'd take a fancy to cats"
«Если бы вы встретили ее, я думаю, вы бы полюбили кошек»
"if you could only see her"
«Если бы ты только мог ее видеть»
"She is such a dear, quiet thing"
«Она такая милая, тихая штучка»
The mouse was shaking all over
Мышь дрожала всем телом
Alice felt certain the mouse must be really offended
Алиса была уверена, что мышка, должно быть, действительно обиделась

"We won't talk about her any more, if you'd rather not"
«Мы больше не будем о ней говорить, если вы не хотите»
"We, indeed!" cried the Mouse
"Мы!" - закричала Мышь
the mouse was trembling down to the end of its tail
Мышь дрожала до конца хвоста
"As if I would talk on such a subject!"
— Как будто бы я стал говорить на такую тему!
"Our family always hated cats"
«Наша семья всегда ненавидела кошек»
"cats; nasty, low, vulgar things!"
«Кошки; мерзкие, низкие, пошлые вещи!»
"Don't let me hear the name again!"
«Не позволяй мне больше слышать это имя!»
"I won't mention cats again indeed!" said Alice
"Я больше не буду упоминать о кошках!" - сказала Алиса
she was in a great hurry to change the subject
Она очень спешила сменить тему
"Are you... are you fond of dogs?"
«Ты... Вы любите собак?
"There is such a nice little dog near our house,"
«Рядом с нашим домом живет такая милая маленькая
собачка»,
"I should like to show you the little dog!"
— Я хотел бы показать вам маленькую собачку!
"this little dog kills all the rats and...
«Эта маленькая собачка убивает всех крыс и...
"oh, dear!" cried Alice in a sorrowful tone
-- воскликнула Алиса печальным тоном
"I'm afraid I've offended you again!"
«Боюсь, я снова обидел тебя!»
**the mouse was swimming away from her as fast as it could
go**
Мышь уплыла от нее так быстро, как только могла
and the mouse made quite a commotion in the pool
А мышка устроила настоящий переполох в бассейне
So she called softly after the mouse

Поэтому она тихо позвала мышку вслед
"my dear mouse, please come back!"
«Моя дорогая мышка, пожалуйста, возвращайся!»
"and we won't talk about cats"
"И мы не будем говорить о кошках"
"and we don't have to talk about dogs either"
«И про собак нам тоже не приходится»
When the mouse heard this, it turned around
Когда мышь услышала это, она обернулась
and the little mouse swam slowly back to her
И мышонок медленно подплыл к ней
the mouse's face was quite pale
Мордочка мыши была довольно бледной
and the mouse spoke, in a low, trembling voice
И мышь заговорила низким, дрожащим голосом
"Let us get to the shore"
«Давайте выйдем на берег»
"and then I'll tell you my history"
"А потом я расскажу вам свою историю"
"and you'll understand why it is I hate cats and dogs"
«И ты поймешь, почему я ненавижу кошек и собак»
It had become high time to go
Пришло время уезжать
because the pool was getting quite crowded
Потому что бассейн становился довольно переполненным
other birds and animals had fallen into the pool
В бассейн упали другие птицы и звери
there were a Duck and a Dodo
там были Утка и Дронт
and there was a Lory bird and an Eaglet
и там была птица Лори и орленок
and there were several other interesting looking creatures
И было еще несколько интересных на вид существ
Alice led the way out the pool
Алиса вела к выходу из бассейна
and the whole party of animals swam to the shore
и вся группа зверей поплыла к берегу

A caucus race and a long tail
Гонка кокусов и длинный хвост

They were indeed a funny-looking bunch of animals
Это действительно была забавно выглядящая кучка животных
and they all assembled on the water's bank
и все они собрались на берегу воды
the birds all had bedraggled feathers
У всех птиц были потрепанные перья
and the furry animals were soaked through
и пушистые зверьки промокли насквозь
and all were dripping wet, annoyed and uncomfortable
и все были мокрыми, раздраженными и неудобными

there was one question that had to be answered first
Был один вопрос, на который нужно было ответить в первую очередь
what is the best way for everyone to get dry?
Как лучше всего высохнуть каждому?

They had a consultation about this matter

Они провели консультацию по этому поводу

soon they were all on familiar terms

Вскоре все они были в знакомых отношениях

it was as if she had known them all her life

Как будто она знала их всю свою жизнь

the mouse seemed to be a person of some authority

мышка казалась человеком с каким-то авторитетом

"Sit down, all of you, and listen to me!

«Садитесь, все вы, и слушайте меня!

"I'll soon make you all dry again!"

«Я скоро снова заставлю вас всех высохнуть!»

They all sat down at once, in a large ring

Они сели все сразу, в большой круг

and the little mouse sat in the middle

а мышонок сидел посередине

"Ahem!" said the mouse with an important air

"Кхм!" - сказала мышка с важным видом

"Are you all ready?"

— Вы все готовы?

"This is the driest thing I know"

«Это самая сухая вещь, которую я знаю»

"Silence all around, if you please!"

— Тишина вокруг, если позволите!

"William the Conqueror was favoured by the pope"

«Вильгельм Завоеватель пользовался благосклонностью Папы Римского»

"but he was soon submitted to by the English"

"но вскоре англичане подчинились ему"

"they wanted leaders of late"

«В последнее время им нужны были лидеры»

"and they had been accustomed to power and conquest"

«И они привыкли к силе и завоеваниям»

"Edwin and Morcar, the Earls of Mercia and Northumbria"

"Эдвин и Моркар, графы Мерсии и Нортумбрии"

"Ugh!" said the lori bird, with a shiver

"Тьфу!" - сказала птица лори с дрожью

"and even Stigand, the patriotic archbishop of Canterbury"
"и даже Стиганд, патриотически настроенный архиепископ Кентерберийский"
"he also found it advisable"
«Он также счел это целесообразным»
"What did he find advisable?" said the duck
"Что он счел целесообразным?" - спросила утка
"He found it advisable" the mouse replied rather crossly
— Он счел это целесообразным, — довольно сердито ответила мышка
but the duck was not satisfied
Но утка осталась недовольна
"of course, you know what 'it' means"
«Конечно, вы знаете, что означает «это»
"I know what 'it' is when I find a thing," said the duck
— Я понимаю, что это такое, когда нахожу что-нибудь, — сказала утка
"it's generally a frog or a worm"
"это вообще лягушка или червь"
"The question is, what did the archbishop find?"
«Вопрос в том, что нашел архиепископ?»
The mouse did not notice this question
Мышка не заметила этого вопроса
instead, the mouse hurriedly went on with the speech
Вместо этого мышка поспешно продолжила речь
"he found it advisable to go with Edgar Atheling"
«Он счел целесообразным поехать с Эдгаром Ателингом»
"to meet William and offer him the crown"
«встретиться с Вильгельмом и предложить ему корону»
the mouse continued, turning to Alice as it spoke
— продолжила мышь, поворачиваясь к Алисе
"How are you getting on now, my dear?"
— Как ты поживаешь, моя дорогая?
"As wet as ever," said Alice in a melancholy tone
-- Мокрая, как всегда, -- сказала Алиса меланхоличным тоном
"this story doesn't seem to dry me at all"

«Эта история, кажется, меня совсем не сушит»
"In that case," said the dodo solemnly, rising to its feet
— В таком случае, — торжественно сказал дронт,
поднимаясь на ноги
"I vote that the meeting be adjourned"
«Я голосую за то, чтобы заседание было закрыто»
**"and I propose an immediate adoption of more energetic
remedies"**
«и я предлагаю немедленно принять более энергичные
меры»
"Speak real words!" said the eaglet
"Говори настоящие слова!" - сказал орленок
"I don't know the meaning of half of those long words"
«Я не знаю значения половины этих длинных слов»
"and, what's more, I don't believe you know either!"
— И, более того, я не верю, что вы тоже знаете!
"What I was going to say," said the dodo in an offended tone
— Что я собирался сказать, — сказал дронт обиженным
тоном
"the best thing to get us dry would be a caucus-race"
«Лучшее, что можно было бы сделать для того, чтобы мы
выдохлись, — это предвыборное собрание»
"What is a caucus-race?" said Alice
"Что такое партийная гонка?" - спросила Алиса

"Well," said the dodo, "the best way to explain it is to do it"

«Ну, — сказал дронт, — лучший способ объяснить это — сделать это».

"First the dodo marked out a race-course"

«Сначала дронт наметил ипподром»

"the track was in a sort of circle"

«Трасса была в каком-то круге»

"and then all the party were placed along the course"

"А потом вся партия была расставлена по курсу"

There was no "One, two, three and away!"

Не было никакого «Раз, два, три и прочь!»

but they began running when they liked

Но они начинали бегать, когда им нравилось

and they also finished when they liked

И они тоже заканчивали, когда им нравилось

so it was not easy to know when the race was over

Поэтому было нелегко понять, когда гонка закончилась

after half an hour or so of running they were all quite dry

Через полчаса или около того бега все они были совершенно сухими

the dodo suddenly called out, "The race is over!"
дронт вдруг закричал: «Гонка окончена!»
and they all crowded around the dodo
И все они столпились вокруг дронта
all the animals were panting and puffing
Все животные тяжело дышали и пыхтели
and they all wanted to know, "But who has won?"
и все они хотели знать: «Но кто же победил?»
This question the dodo could not immediately answer
На этот вопрос дронт не смог сразу ответить
first he had to do a great deal of thinking
Сначала ему пришлось много думать
after much thinking, the dodo finally spoke
После долгих раздумий дронт наконец заговорил
"Everybody has won, and all must have prizes"
«Все выиграли, и у всех должны быть призы»
"But who is to give the prizes?" asked a chorus of voices
«Но кто же будет вручать призы?» — спросил хор голосов
"Well, she, of course," said the dodo
— Ну, конечно, она, — сказал дронт
and the dodo pointed with one finger to Alice
и дронт указал одним пальцем на Алису
and the whole party of animals crowded around her
и вся компания животных столпилась вокруг нее
they called out, in a confused way, "Prizes! Prizes!"
они смущенно кричали: «Призы! Призы!»
Alice had no idea what to do
Алиса понятия не имела, что делать
in despair she put her hand into her pocket
В отчаянии она сунула руку в карман
and she pulled out a box of sweets
И она вытащила коробку со сладостями
luckily the salt-water had not got into the box
К счастью, соленая вода не попала в ящик
and she handed the sweets around as prizes
И она раздавала сладости в качестве призов
There was exactly one piece for everyone

Там была ровно одна штука на каждого
The next thing they had to do was to eat the sweets
Следующее, что им нужно было сделать, это съесть сладости
this caused some noise and confusion
Это вызвало некоторый шум и неразбериху
the large birds complained that they could not taste their sweets
Большие птицы жаловались, что не могут попробовать свои сладости
the small ones choked and had to be patted on the back
Маленькие задыхались, и их приходилось гладить по спине
However, it was over at last
Однако в конце концов все было кончено
and they sat down again in a ring
и они снова сели в кольцо
and they begged the mouse to tell them something more
И они умоляли мышку рассказать им что-нибудь еще
"You promised to tell me your history, you know," said Alice
— Знаешь, ты обещал рассказать мне свою историю, — сказала Алиса
and she made another little remark about cats in a whisper
И она шепотом сделала еще одно маленькое замечание о кошках
she didn't want to offend the mouse again
Она не хотела лишний раз обижать мышку
the little mouse turned to Alice and sighed
мышонок повернулся к Алисе и вздохнул
"Mine is a long and a sad tale!"
«Моя история длинная и грустная!»
"It is a long tail, certainly," said Alice
- Конечно, это длинный хвост, - сказала Алиса
and she looked down with wonder at the mouse's tail
И она с удивлением посмотрела вниз на хвост мыши
"but why do you call it a sad tail?"
— Но почему ты называешь это грустным хвостом?

And she kept on puzzling about it while the mouse was speaking

И она продолжала ломать голову, пока мышь говорила

so that her idea of the tale was something like this

так что ее представление о сказке было примерно таким

<pre>
        "Fury said to
          a mouse, That
            he met in the
              house, 'Let
                us both go
                  to law: I
                    will prosecute
                    you.——
                      Come, I'll
                    take no denial:
                  We must have
                the trial;
              For really
            this morning
I've
  nothing
  to do.'
      Said the
          mouse to
            the cur,
              'Such a
                trial, dear
                  sir, With
                    no jury
                      or judge,
                        would
                      be wasting
                    our
                  breath."
              'I'll be
            judge,
        I'll be
    jury,'
  said
  cunning
    old
      Fury;
        'I'll
          try
          the
            whole
              cause,
                and
                condemn
              you to
        death.'"
</pre>

Fury said to a mouse, That he met in the house"

Фьюри сказал мыши, Что он встретил в доме.

Let us both go to law: I will prosecute you

Давайте оба обратимся в суд: я буду преследовать вас в судебном порядке

Come, I'll take no denial: We must have the trial

Пойдемте, я не стану отрицать: мы должны провести суд
For really this morning I've nothing to do
На самом деле сегодня утром мне нечего делать
Said the mouse to the cur;
— сказала мышь собаке.
Such a trial, dear sir, With no jury or judge, would be wasting our breath
Такой процесс, дорогой государь, без присяжных и судьи был бы пустой тратой нашего дыхания
"I'll be judge, I'll be jury," said cunning old Fury
— Я буду судьей, я буду присяжным, — сказал хитрый старый Фьюри
I'll try the whole cause, and condemn you to death
Я испробую все дело и обречу тебя на смерть
the mouse spoke severely to Alice
мышка строго разговаривала с Алисой
"You are not paying attention!"
«Ты не обращаешь внимания!»
"What are you thinking of?"
— О чем ты думаешь?
"I beg your pardon," said Alice very humbly
- Прошу прощения, - сказала Алиса очень смиренно
"you had got to the fifth bend, I think?"
— Кажется, ты добрался до пятого поворота?
"You insult me by talking such nonsense!"
— Ты оскорбляешь меня, говоря такую чепуху!
and the mouse got up and walked away
и мышка встала и пошла прочь
Alice called after the little mouse
— крикнула Алиса вслед мышонку
"Please come back and finish your story!"
«Пожалуйста, вернись и закончи свой рассказ!»
And the others all joined in chorus
И все остальные присоединились хором
"Yes, please do finish your story!"
«Да, пожалуйста, закончите свой рассказ!»
But the mouse only shook its head impatiently

Но мышка лишь нетерпеливо покачала головой
and the little mouse walked a little quicker
И мышонок пошел немного быстрее
"I wish I had Dinah, our cat, here!" said Alice
"Как бы мне хотелось, чтобы Дина, наша кошка, была
здесь!" - сказала Алиса
This caused a remarkable sensation among the party
Это вызвало замечательную сенсацию среди партии
Some of the birds hurried off at once
Некоторые из птиц сразу же улетели
and a Canary called out in a trembling voice, to its children;
и канарейка дрожащим голосом кричала своим детям;
"Come away, my dears!"
— Уходите, мои дорогие!
"It's high time you were all in bed!"
— Вам давно пора ложиться в постель!
with various excuses they all went away
Под разными предлогами они все ушли
and Alice was soon left alone
и вскоре Алиса осталась одна
"I wish I hadn't mentioned Dinah!"
— Лучше бы я не упоминал Дину!
"Nobody seems to like her down here"
«Кажется, она никому не нравится здесь, внизу»
"but I'm sure she's the best cat in the world!"
— Но я уверена, что она самая лучшая кошка на свете!
Poor Alice began to cry again
Бедная Алиса снова заплакала
because she felt very lonely and low-spirited
потому что она чувствовала себя очень одинокой и
подавленной
In a little while, however, she again heard something
Однако через некоторое время она снова что-то услышала
a little pattering of footsteps in the distance
легкий топот шагов вдалеке
and she looked up eagerly
И она нетерпеливо подняла глаза

The rabbit sends in little Mr Bill
Кролик посылает маленького мистера Билла

It was the white rabbit, trotting slowly back again
Это был белый кролик, который медленно рысью бежал назад
he was looking about anxiously as he went
Он с тревогой оглядывался по сторонам
he looked as if he had lost something
Он выглядел так, как будто что-то потерял
Alice heard him muttering to himself
Алиса слышала, как он бормочет себе под нос
"The Duchess! The Duchess! Oh, my dear paws!"
— Герцогиня! Герцогиня! О, мои милые лапы!
"Oh, my fur and whiskers!"
— О, мой мех и усы!
"She'll get me executed, I'm sure of that"
«Она добьется казни меня, я в этом уверен»
"just as sure as ferrets are ferrets!"
«Так же точно, как хорьки есть хорьки!»
"Where can I have dropped my things, I wonder?"

— Интересно, куда я мог бросить свои вещи?
Alice guessed in a moment what he was looking for
Алиса мгновенно догадалась, что он ищет
he was looking for the feather fan
Он искал веер из перьев
and he was looking for the pair of white gloves
И он искал пару белых перчаток
so she very good-naturedly began looking for the gloves
Поэтому она очень добродушно стала искать перчатки
and she looked for the feather fan too
И она тоже искала веер из перьев
but the gloves and feather fan were nowhere to be seen
Но перчаток и веера из перьев нигде не было видно
everything seemed to have changed since her swim in the pool
Казалось, все изменилось с тех пор, как она плавала в бассейне
nothing was the same since she had been in the great hall
Ничто не было прежним с тех пор, как она была в Большом зале
and the glass table had vanished
и стеклянный стол исчез
and the little door wasn't there either
И маленькой дверцы там тоже не было
Very soon the rabbit noticed Alice
Очень скоро крольчиха заметила Алису
he called to her in an angry tone
Он окликнул ее сердитым тоном
"Mary Ann, what are you doing out here?"
— Мэри Энн, что ты здесь делаешь?
"Run home this moment"
«Беги домой сейчас же»
"and fetch me a pair of gloves and a feather fan!"
— И принеси мне пару перчаток и веер из перьев!
"and be quick about it!"
— И поторопись!
Alice spoke to herself as she ran off

Алиса говорила сама с собой, убегая
"He must have mistaken me for his housemaid!"
— Должно быть, он принял меня за свою горничную!
"How surprised he'll be when he finds out who I am!"
«Как он удивится, когда узнает, кто я!»
As she said this, she came upon a neat little house
Сказав это, она наткнулась на аккуратный домик
on the door of the house was a bright brass plate
На двери дома висела яркая медная табличка
"W. RABBIT"
"У. КРОЛИК"
She went in without knocking on the door
Она вошла, не постучав в дверь
and she hurried straight upstairs
и она поспешила прямо наверх
she worried that she might meet the real Mary Ann
она беспокоилась, что может встретить настоящую Мэри Энн
because then she would be turned out of the house
потому что тогда ее выгнали бы из дома
and she wouldn't be able to find the feather fan and gloves
И она не смогла бы найти веер из перьев и перчатки
Alice had found her way into a tidy little room
Алиса пробралась в маленькую аккуратную комнату
in the room was a table by the window
В комнате стоял столик у окна
and on the table was a feather fan
а на столе стоял веер из перьев
and there were two or three pairs of tiny white gloves
и там было две или три пары крошечных белых перчаток
she picked up the feather fan and a pair of the gloves
Она взяла веер из перьев и пару перчаток
and she was just about to leave the room
И она как раз собиралась выйти из комнаты
but then her eyes fell upon a little bottle
но тут ее взгляд упал на маленькую бутылочку
She uncorked the bottle and put it to her lips

Она откупорила бутылку и поднесла ее к губам
I do hope it'll make me grow large again
«Я очень надеюсь, что это заставит меня снова вырасти»
I'm tired of being such a tiny little thing!
«Я устал быть таким крошечным существом!»
Alice had hardly drunk half the bottle
Алиса едва выпила половину бутылки
her head was already pressing against the ceiling
Ее голова уже прижималась к потолку
and she had to stoop down
И ей пришлось нагнуться
to save her neck from being broken
чтобы спасти ее шею от перелома
She hastily put down the bottle
Она поспешно поставила бутылку
That's quite enough
«Этого вполне достаточно»
I hope I don't grow anymore
«Надеюсь, я больше не вырасту»
Alas! It was too late to wish that!
Увы! Было уже поздно желать этого!
She went on growing and growing
Она продолжала расти и расти
and very soon she had to kneel down on the floor
И очень скоро ей пришлось встать на колени на пол
and even then she went on growing
И даже тогда она продолжала расти
as a last resource she put one arm out of the window
В качестве последнего средства она высунула одну руку из окна
and she put one foot up the chimney
И она поставила одну ногу в дымоход
Now I can do no more, whatever happens
«Теперь я больше ничего не могу сделать, что бы ни случилось»
What will become of me?
— Что со мной будет?

Alice had a spot of luck
Алисе повезло
the little magic bottle had had its full effect
Маленькая волшебная бутылочка произвела полный
эффект
and Alice grew no larger than she was
и Алиса не стала больше своей
After a few minutes she heard a voice outside
Через несколько минут она услышала голос снаружи
and she stopped to listen to the voice
И она остановилась, чтобы прислушаться к голосу
"Mary Ann! Mary Ann!" said the voice
— Мэри Энн! Мэри Энн!» — произнес голос
"Fetch me my gloves this moment!"
— Принеси мне мои перчатки прямо сейчас!
Then came a little pattering of feet on the stairs
Затем послышался легкий топот ног по лестнице
Alice knew it was the rabbit coming to look for her
Алиса знала, что это был кролик, пришедший искать ее

and she trembled till she shook the house

и она дрожала до тех пор, пока дом не содрогнулся

she quite forgot what her proportions were

Она совершенно забыла, какие у нее были пропорции

she was a thousand times as large as the rabbit

Она была в тысячу раз больше кролика

and she had no reason to be afraid of a rabbit

И у нее не было причин бояться кролика

Presently the rabbit came up to the door

Вскоре кролик подошел к двери

and the little rabbit tried to open the door

И крольчиха попыталась открыть дверцу

the door started to open inwards

Дверь начала открываться внутрь

but Alice's elbow was pressed hard against the door

но локоть Алисы был сильно прижат к двери

that attempt proved a failure

Эта попытка оказалась неудачной

Alice heard the rabbit speak to himself

Алиса слышала, как кролик разговаривал сам с собой

"Then I'll go around and get in through the window"

«Потом я обойду и войду через окно»

"That you won't!" thought Alice

"Что ты не будешь!" - подумала Алиса

and she waited a little again

И она снова немного подождала

soon she heard the rabbit just under the window

Вскоре она услышала крик кролика прямо под окном

she suddenly spread out her hand

Она вдруг протянула руку

and she made a snatch in the air

и она сделала рывок в воздухе

She did not get hold of anything

Она ничего не доставала

but she heard a little shriek and a fall

но она услышала небольшой крик и падение

and she heard a crash of broken glass

и она услышала звон битого стекла
perhaps the rabbit had fallen
Возможно, кролик упал
maybe he was in a green-house
может быть, он был в теплице
Next came an angry voice; the rabbit's voice
Затем раздался сердитый голос; Голос кролика
"Pat, where are you?"
— Пэт, где ты?
And then came a voice she had never heard before
А затем раздался голос, которого она никогда раньше не слышала
"your honour, I'm here!"
— Ваша честь, я здесь!
"I'm digging for apples"
«Я копаюсь в поисках яблок»
"Here! Come and help me out of this!"
— Вот! Приди и помоги мне выбраться отсюда!
"Now tell me, Pat, what's that in the window?"
— А теперь скажи мне, Пэт, что это в окне?
"Sure, your honour, I will tell you"
«Конечно, ваша честь, я вам скажу»
"it's an arm that's in the window!"
«Это рука, которая в окне!»
"Well, an arm has no business there"
«Ну, руке там не до чего»
"go and take the arm away!"
«Иди и убери руку!»
There was a long silence after this
После этого наступило долгое молчание
and Alice could only hear whispers now and then
и Алиса слышала только шепот время от времени
and at last she spread out her hand again
и наконец она снова протянула руку
and she made another snatch in the air
И она сделала еще один рывок в воздухе
This time there were two little shrieks

На этот раз раздались два маленьких крика
and there was more sounds of broken glass
и снова послышались звуки битого стекла
"I wonder what they'll do next!" thought Alice
"Интересно, что они будут делать дальше!" - подумала
Алиса
"I wish they would pull me out the window"
«Хотелось бы, чтобы меня вытащили из окна»
She waited for some time
Она подождала некоторое время
but for a while she didn't hear anything more
Но какое-то время она больше ничего не слышала
At last came a rumbling of little wheels
Наконец послышался грохот маленьких колес
and there came the sound of a good many voices
и послышались голоса множества
all the voices were talking together
Все голоса переговаривались друг с другом
She could make out some of the words
Она могла разобрать некоторые слова
"Where's the other ladder?"
— А где другая лестница?
"Bill's got the other ladder"
«У Билла другая лестница»
"Bill, come here!"
— Билл, иди сюда!
"Will the roof bear the load?"
«Выдержит ли крыша нагрузку?»
"Who wants to go down the chimney?"
«Кто хочет спуститься в дымоход?»
"Nay, I shall not! You do it!"
— Нет, не буду! Ты сделай это!»
"Here, Bill!"
— Вот, Билл!
"The master says you've got to go down the chimney!"
— Хозяин говорит, что тебе нужно спуститься по
дымоходу!

Alice drew her foot as far down the chimney as she could

Алиса протащила ногу как можно дальше по дымоходу

and then she waited to see what was coming

А затем она стала ждать, что произойдет

she heard a little animal scratching and scrambling

Она услышала, как маленький зверек царапает и карабкается

the little animal must be in the chimney

Зверек обязательно должен находиться в дымоходе

then she gave one sharp kick

Тогда она дала один резкий пинок

and she waited to see what would happen next

И она ждала, что будет дальше

she heard a general chorus of voices

Она услышала общий хор голосов

"There goes Bill!" they all said

«Вот и Билл!» — сказали они все

then she heard the rabbit's voice alone

Потом она услышала только голос кролика

"You by the hedge, catch him!"

— Ты у изгороди, поймай его!

there was another moment of silence

Последовала еще одна минута молчания

and then there was another confusion of voices

И тут снова послышалось смешение голосов

"Hold up his head, Brandy"

«Держи его голову, Бренди»

"be careful not to choke him"

«Будь осторожен, чтобы не задушить его»

"What happened to you?"

— Что с тобой случилось?

Last came a little feeble, squeaking voice

Последним послышался слабый, скрипучий голос

"Well, I hardly know no more"

«Ну, я вряд ли знаю больше»

"thank you all, I'm better now"

«Спасибо вам всем, мне теперь лучше»

"there is one thing I can remember"

"Есть одна вещь, которую я могу вспомнить"

"something comes at me like a train in a tunnel"

«Что-то настигает меня, как поезд в тоннеле»

"and up I fly like a sky-rocket!"

«И я лечу вверх, как небесная ракета!»

there was a minute or two of silence

Повисла минута или две молчания

and then they began moving about again

А затем они снова начали двигаться

and Alice heard the Rabbit speak again

и Алиса снова услышала голос Кролика

"A barrowful will do, to begin with"

«Для начала подойдет целый курган»

"A barrowful of what?" thought Alice

"Куча чего?" - подумала Алиса

But she was not kept in suspense for long

Но ее недолго держали в напряжении

a shower of little pebbles came through the window

В окно хлынул дождь из мелкой гальки

and some of the little pebbles hit her in the face

и несколько маленьких камешков попали ей в лицо

Alice was surprised about the little pebbles

Алиса удивилась маленьким камешкам

all the little pebbles were turning into cakes

Все камешки превращались в пирожные

and a bright idea came into her head

И в голову ей пришла светлая идея

"I should eat one of these cakes"

«Я должен съесть один из этих пирожных»

"cake is sure to make some change in my size"

"Торт обязательно немного изменит мой размер"

So she swallowed one of the cakes

Поэтому она проглотила один из пирожных

and she was delighted to find that she began shrinking

И она была рада обнаружить, что начала уменьшаться

soon she was small enough to get through the door

Вскоре она стала достаточно маленькой, чтобы пройти через дверь
she ran out of the house
Она выбежала из дома
a crowd of little animals and birds were waiting outside
Снаружи ждала толпа зверьков и птичек
all the little birds and animals rushed at Alice
все птички и зверьки бросились на Алису
but she ran off as fast as she could
Но она убежала так быстро, как только могла
and soon she found herself safe in a thick wood
И вскоре она оказалась в безопасности в густом лесу
Alice wandered about in the woods
Алиса бродила по лесу
and she thought to herself:
И она подумала про себя:
"I know what I have to do first"
«Я знаю, что мне нужно сделать в первую очередь»
"first I have to grow to my right size again"
«Сначала мне нужно снова вырасти до нужного размера»
"and then I have to find my way into that lovely garden"
«И тогда мне нужно найти дорогу в этот прекрасный сад»
"I suppose I ought to eat or drink something or other"
«Полагаю, мне следует есть или пить что-то или что-то еще»
"but the question is what should I eat or drink?"
— Но вопрос в том, что мне есть или пить?
Alice looked all around her at the flowers
Алиса смотрела вокруг себя на цветы
and she looked through the blades of grass
и она смотрела сквозь травинки
but she could not see anything to eat or drink
но она не видела ничего, что можно было бы есть или пить
nothing looked like the right thing to eat or drink
Ничто не выглядело правильным для еды или питья
There was a large mushroom growing near her
Рядом с ней рос большой гриб

the mushroom was about the same height as Alice
гриб был примерно такой же высоты, как Алиса
She stretched herself up on tiptoes
Она вытянулась на цыпочках
and she peeped over the edge of the mushroom
И она выглянула из-за края гриба
her eyes immediately met the eyes of a large blue caterpillar
Ее глаза тут же встретились с глазами большой голубой
гусеницы
the caterpillar was sitting on the top of the mushroom
Гусеница сидела на верхушке гриба
and the caterpillar had crossed all his arms
и гусеница скрестила все его руки
and he was quietly smoking a long hookah
А он спокойно курил длинный кальян
and he took not the smallest notice of anything
и он ни на что не обращал ни малейшего внимания
and he certainly didn't pay attention to Alice
и уж точно не обратил внимания на Алису

Advice from a caterpillar
Советы от гусеницы

At last the caterpillar took the hookah out of its mouth
Наконец гусеница вынула кальян изо рта
and he addressed Alice in a languid, sleepy voice
и он обратился к Алисе томным, сонным голосом
"Who are you?" said the caterpillar
"Кто ты?" - спросила гусеница

Alice replied, rather shyly, "I hardly know, sir"
Алиса ответила довольно застенчиво: "Я не знаю, сэр"
"just at the moment it's all a bit..."
«Просто на данный момент все это немного...»
"I know who I was when I got up this morning""
«Я знаю, кем я был, когда встал сегодня утром».
"but I think I must have changed several times since then"

— Но я думаю, что с тех пор я изменился несколько раз.

"What do you mean by that?" said the caterpillar

"Что ты хочешь этим сказать?" - спросила гусеница

sternly the caterpillar asked her to explain herself

Гусеница строго попросила ее объясниться

"I can't explain myself, I'm afraid, sir," said Alice

- Боюсь, я не могу объясниться, сэр, - сказала Алиса

"because I'm not myself"

"потому что я не в себе"

"you see, being so many different sizes in a day is very confusing"

«Видите ли, быть таким разным размером в один день очень сбивает с толку»

She pulled herself up and said very gravely:

Она взяла себя в руки и сказала очень серьезно:

"I think you ought to tell me who you are, first"

«Я думаю, ты должен сначала сказать мне, кто ты»

"Why?" said the caterpillar

"Почему?" - спросила гусеница

Alice could not think of any good reason

Алиса не могла придумать ни одной веской причины

and the caterpillar seemed to be in a very unpleasant state of mind

И гусеница, казалось, была в очень неприятном душевном состоянии

so she turned away

Поэтому она отвернулась

"Come back!" the caterpillar called after her

"Возвращайся!" - крикнула ей вслед гусеница

"I've something important to say!"

«Я хочу сказать кое-что важное!»

Alice turned and came back again

Алиса повернулась и вернулась снова

"Keep your temper," said the caterpillar

— Не теряй самообладания, — сказала гусеница

"Is that all?" said Alice

"И это все?" - спросила Алиса

and she swallowed her anger as well as she could

И она проглотила свой гнев так хорошо, как только могла

"No," said the caterpillar

— Нет, — ответила гусеница

the caterpillar unfolded its arms

Гусеница развернула руки

and he took the hookah out of his mouth again

и он снова вынул кальян изо рта

and he said, "So you think you're changed, do you?"

И он сказал: «Так ты думаешь, что изменился, не так ли?»

"I'm afraid, I am changed, sir," said Alice

- Боюсь, я изменилась, сэр, - сказала Алиса

"I can't remember things as I used to remember them"

«Я не могу помнить вещи так, как я их помнил»

"and I don't stay the same size for more than ten minutes!"

«И я не остаюсь одного и того же размера больше десяти минут!»

"What size do you want to be?" asked the caterpillar

«Какого размера ты хочешь быть?» — спросила гусеница

"Oh, I don't particularly mind what size I am," Alice hastily replied

— О, мне все равно, какого я размера, — поспешно ответила Алиса

"I just don't like changing size so often, you know"

«Я просто не люблю так часто менять размер, знаешь ли»

"I would like to be a little larger, sir"

«Я хотел бы быть немного больше, сэр»

"if you wouldn't mind," added Alice

-- Если бы вы не возражали, -- добавила Алиса

"Ten centimetres is such a wretched height to be"

«Десять сантиметров — это такая жалкая высота»

"It is a very good height indeed!" said the caterpillar angrily

"Это действительно очень хорошая высота!" - сердито сказала гусеница

and he reared itself upright as he spoke

и он выпрямился, когда говорил

he was exactly ten centimetres high

Он был ровно десять сантиметров в высоту
In a minute or two, the caterpillar got down off the mushroom
Через минуту-другую гусеница слезла с гриба
and he crawled away into the grass
И он уполз в траву
as he went away, he made some little remarks
Уходя, он сделал несколько небольших замечаний
"One side will make you grow taller"
«С одной стороны ты станешь выше»
"and the other side will make you grow shorter"
"А другая сторона заставит тебя стать ниже"
"One side of what?" thought Alice to herself
"Одна сторона чего?" - подумала про себя Алиса
"The other side of what?"
— Другая сторона чего?
"the side of the mushroom," said the caterpillar
— Сторона гриба, — сказала гусеница
it was as if she had asked her question aloud
Как будто она задала свой вопрос вслух
and in another moment, he was out of sight
А через мгновение он скрылся из виду
Alice remained looking thoughtfully at the mushroom
Алиса осталась задумчиво смотреть на гриб
she was trying to make out which were the two sides of the mushroom
Она пыталась разобрать, какие именно две стороны гриба
At last she stretched her arms around the mushroom
Наконец она обхватила гриб руками
and she broke off a bit of the edges
и она немного отломила края
"And now, which side is which?" she said to herself
«А теперь, какая сторона к чему?» — сказала она себе
and she nibbled a little of the right-hand bit
И она откусила немного правой части
The next moment she felt a violent blow underneath her chin

В следующее мгновение она почувствовала сильный удар
под подбородком
her chin had struck her foot!
Ее подбородок ударился о ногу!
She was a good deal frightened by this very sudden change
Она была очень напугана этой внезапной переменой
she was shrinking very rapidly
Она очень быстро уменьшалась
so she quickly ate some of the other bit of mushroom
Поэтому она быстро съела еще немного грибов
Her chin was pressed very closely against her foot
Ее подбородок был очень плотно прижат к ноге
there was hardly room to open her mouth
Едва ли было место, чтобы открыть рот
but she did at last manage to open her mouth
Но в конце концов ей удалось открыть рот
and she swallowed a morsel of the left-hand bit
И она проглотила кусочек левого удила
"my head's been freed at last!" said Alice
"Наконец-то моя голова освободилась!" - сказала Алиса
she looked down at herself
Она посмотрела на себя сверху вниз
but all she could see was an immense length of neck
но все, что она могла видеть, это огромная длинная шея
her neck seemed to rise like a stalk
Ее шея, казалось, поднималась вверх, как стебель
and she looked down over a sea of green leaves
и она посмотрела вниз на море зеленых листьев
"Where have my shoulders gotten to?"
«Куда дошли мои плечи?»
"And oh, my poor hands, how is it I can't see you?"
— И о, мои бедные руки, как это я вас не вижу?
but her neck did have one benefit
Но у ее шеи было одно преимущество
she could move her head in any direction
Она могла поворачивать головой в любом направлении
in fact, she was just like a serpent

На самом деле, она была просто как змея
she gracefully zigzagged her head down
Она грациозно зигзагообразно опустила голову вниз
and she moved her head through the trees
и она двигала головой между деревьями
but then she heard a sharp hiss
Но тут она услышала резкое шипение
and she quickly pulled her head back
И она быстро откинула голову назад
a large pigeon had flown into her face
Большой голубь влетел ей в лицо
and the pigeon was violently with its wings
и голубь яростно держал крылья свои

"Serpent!" cried the pigeon

"Змей!" - закричал голубь

"I'm not a serpent!" said Alice indignantly

-- Я не змея, -- возмутилась Алиса

"Leave me alone!"

— Оставь меня в покое!

"I've tried the roots of trees"

«Я пробовал корни деревьев»

"and I've tried hedges," the pigeon went on

— А я пробовал живые изгороди, — продолжал голубь

"but those serpents! There's no pleasing them!"

— Но эти змеи! Им не угодишь!»

Alice was more and more puzzled

Алиса все больше и больше недоумевала

"As if it wasn't trouble enough hatching the eggs," said the pigeon

— Как будто не хватило хлопот с высиживанием яиц, — сказал голубь

"by night and day I must look out for serpents too!"

«Ночью и днем я должен остерегаться змей!»

"I had just found the highest tree in the forest"

«Я только что нашел самое высокое дерево в лесу»

"surely I'd be free from serpents here?"

— Конечно, я был бы свободен от змей здесь?

"and out comes a serpent from the sky!"

«И выходит змей с неба!»

"But I'm not a serpent, I tell you!" said Alice

- Но я же не змея, скажу я вам, - сказала Алиса

"I'm a... I'm a... I'm a little girl," she added rather doubtfully

«Я... Я... Я маленькая девочка, — добавила она с некоторым сомнением

she had after all been going through a lot of changes

В конце концов, она пережила много перемен

"You're looking for eggs," said the pigeon

«Ты ищешь яйца», — сказал голубь

"I know that for a fact"

«Я знаю это наверняка»

"and what does it matter if you're a little girl or a serpent?"
«И какая разница, маленькая ты девочка или змейка?»
"It matters a good deal to me," said Alice hastily
-- Для меня это очень важно, -- поспешно сказала Алиса
"but I'm not looking for eggs, as it happens"
«Но я не ищу яиц, как это бывает»
"and I wouldn't want your eggs anyway"
— И мне все равно не нужны твои яйца.
"I don't like my eggs raw"
«Я не люблю, когда мои яйца сырые»
"Well, be off then!" said the pigeon in a sulky tone
— Ну, тогда уходи, — сказал голубь угрюмым тоном
and the pigeon settled down again into its nest
И голубь снова устроился в своем гнезде
Alice crouched down among the trees as well as she could
Алиса присела на корточки среди деревьев, как только могла
her neck kept getting entangled among the branches
Ее шея все время запутывалась в ветвях
every now and then she had to stop and untwist her neck
Время от времени ей приходилось останавливаться и разворачивать шею
After awhile she remembered the mushroom
Через некоторое время она вспомнила о грибе
she still held the pieces of mushroom in her hands
Она все еще держала в руках кусочки грибов
and she set to work very carefully
И она принялась за работу очень тщательно
first she nibbled at one piece
Сначала она откусила кусочек
and then she nibbled at the other piece
А затем она откусила другой кусок
sometimes she grew taller
Иногда она становилась выше
and sometimes she grew shorter
а иногда она становилась короче
but finally she achieved her usual height

Но в конце концов она достигла своего обычного роста
she hadn't been her own height for some time
Какое-то время она не была своего роста
so everything felt strange for a while
Так что какое-то время все казалось странным
"The next thing to do is to get into that beautiful garden"
«Следующее, что нужно сделать, это попасть в этот прекрасный сад»
"how is that to be done, I wonder?"
— Интересно, как это сделать?
As she said this, she came upon an open place
Сказав это, она наткнулась на открытое место
there was a little house, a bit higher than a metre
там был маленький домик, чуть выше метра
"I wonder who lives in this little house"
«Интересно, кто живет в этом домике?»
"I certainly can't go in as big as I am"
«Я, конечно, не могу войти так сильно, как я есть»
"I would frighten them terribly!"
«Я бы их ужасно напугал!»
so she nibbled at the little mushroom again
Поэтому она снова откусила маленький гриб
and soon she brought herself down thirty centimetres
И вскоре она опустилась вниз на тридцать сантиметров

A pig and some pepper
Свинья и немного перца

For a minute or two she stood looking at the house

Минуту или две она стояла, глядя на дом

suddenly a footman came running out of the woods

Вдруг из леса выбежал лакей

he was wearing a special livery uniform

Он был одет в специальную ливрейную форму

judging by his face only, she would have called him a fish

Судя только по его лицу, она бы назвала его рыбой

and he rapped loudly at the door with his knuckles

и он громко постучал костяшками пальцев в дверь

the door was opened by another footman

Дверь открыл другой лакей

this footman too was wearing a special livery

Этот лакей тоже был одет в специальную ливрею

this footman had a round face and large eyes like a frog

У этого лакея было круглое лицо и большие глаза, как у лягушки

The footman that looked like a fish initiated the ceremony

Лакей, похожий на рыбу, инициировал церемонию

he pulled out something from under his arm

Он вытащил что-то из-под мышки

and he pulled out from under his arm an envelope

И он вытащил из-под мышки конверт

and this envelope he handed over to the other footman

И этот конверт он передал другому лакею

in a ceremonious tone he told him the orders

Церемонным тоном он передал ему приказ

"This message is for the Duchess"

«Это послание для герцогини»

"An invitation from the queen to play croquet"

"Приглашение от королевы поиграть в крокет"

The footman that looked like a frog repeated the order

Лакей, похожий на лягушку, повторил приказ

"from the queen"

«От королевы»

"an invitation"

«Приглашение»

"for the Duchess"

"для герцогини"

"playing croquet"

«Игра в крокет»

Then they both bowed low

Затем они оба низко поклонились

and the curls in their wigs got entangled together

и кудри в их париках спутались

soon the footman that looked like a fish was gone

Вскоре лакей, похожий на рыбу, исчез

but the footman that looked like a frog was still there

Но лакей, похожий на лягушку, все еще был там

he was sitting on the ground near the door

Он сидел на земле возле двери

he was staring stupidly up into the sky

Он тупо смотрел в небо

Alice went timidly up to the door and knocked

Алиса робко подошла к двери и постучала

"There's no use in knocking," said the footman

— Стучать бесполезно, — сказал лакей

"and that is for two reasons"

"И это по двум причинам"

"First, because I'm on the same side of the door as you are"

«Во-первых, потому что я нахожусь по ту же сторону двери, что и вы»

"secondly, because they're making so much noise inside"

«Во-вторых, потому что они создают так много шума внутри»

"no one could possibly hear you"

«Никто не мог тебя услышать»

And there certainly was a most extraordinary noise going on within

И действительно, внутри происходил самый необычайный шум

a constant howling and sneezing

постоянный вой и чихание

and every now and then a sound of great crashing

и время от времени раздается звук громкого грохота

as if a dish or kettle had been broken to pieces

как будто посуду или чайник разбили на куски

"How am I to get in?" asked Alice

"Как мне войти?" - спросила Алиса

"Should you get in at all?" said the footman

«Стоит ли вам вообще входить?» — спросил лакей

"That's the first question, you know"

«Это первый вопрос, знаешь ли»

Alice opened the door and went in

Алиса открыла дверь и вошла

The door led right into a large kitchen

Дверь вела прямо на большую кухню

the kitchen was full of smoke from one end to the other

Кухня была полна дыма от одного конца до другого

in the middle of the kitchen was the Duchess

посреди кухни стояла герцогиня

she was sitting on a three-legged stool

Она сидела на табурете на трех ножках

and she was nursing a baby

и она кормила грудью ребенка

the cook was leaning over the fire

Повар склонился над огнем

he was stirring a large caldron

Он помешивал большой котел

and the caldron seemed to be full of soup

И котел казался полным супа

"There's certainly too much pepper in that soup!" Alice said to herself

«В этом супе определенно слишком много перца!» — сказала себе Алиса

she said it as best she could without sneezing

Она сказала это как могла, не чихая

Even the Duchess sneezed occasionally

Даже герцогиня изредка чихала

but the baby's actions were the most noteworthy

Но самыми примечательными были действия малыша

the baby was sneezing and howling alternately

малыш чихал и выл попеременно

there was not a moment's pause between howling and sneezing

Не было ни минуты паузы между воем и чиханием

There were two creatures in the kitchen that did not sneeze

На кухне было два существа, которые не чихали

the cook was too busy to sneeze

Повар был слишком занят, чтобы чихнуть

and the large cat did not seem to mind the pepper

Да и большая кошка, казалось, не возражала против перца

instead, the large cat was grinning from ear to ear

Вместо этого большая кошка ухмылялась от уха до уха

"Please would you tell me," said Alice, a little timidly

- Пожалуйста, скажи мне, - сказала Алиса немного робко

"why is your cat grinning like that?"

«Почему твоя кошка так ухмыляется?»

"It's a Cheshire-Cat," said the Duchess

— Это чеширский кот, — сказала герцогиня

"and that's why he's grinning from ear to ear"

«И именно поэтому он улыбается от уха до уха»

"I didn't know that a Cheshire-Cat always grinned"

«Я не знал, что чеширский кот всегда ухмыляется»

"in fact, I didn't know that cats could grin," said Alice

— В самом деле, я не знала, что кошки могут ухмыляться, — сказала Алиса

"there is much you don't know," said the Duchess

— Вы многого не знаете, — сказала герцогиня

"there is much you don't know and that's a fact"

«Есть многое, чего вы не знаете, и это факт»

Just then the cook took the caldron of soup off the fire

В этот момент повар снял с огня котел с супом

and at once she started throwing everything within her reach

И тут же она начала бросать все, что попадалось ей под руку

she threw everything she could at the Duchess and the babe

она бросила все, что могла, в герцогиню и младенца

first she threw the fire-irons

Сначала она бросила кандалы

then she threw a handful of saucepans

Затем она бросила горсть кастрюль

and finally she threw the plates and dishes

И, наконец, она бросила тарелки и блюда

The Duchess took no notice of her

Герцогиня не обратила на нее внимания

even when she was hit by a plate she did not worry

Даже когда в нее попала тарелка, она не волновалась

the baby was already howling so much

Малыш уже так сильно выл

so it was impossible to say whether the blows hurt the baby or not

Так что сказать было невозможно, больно ли удары ранили малыша или нет

"Oh, please mind what you're doing!" cried Alice

"О, пожалуйста, не обращай внимания на то, что ты делаешь!" - воскликнула Алиса

and she jumped up and down in an agony of terror

И она подпрыгивала вверх и вниз в агонии ужаса

the Duchess offered Alice the baby

герцогиня предложила Алисе ребенка

"Here! You may nurse the baby a bit, if you like!"

— Вот! Если хочешь, можешь немного покормить ребенка!

and she flung the baby at her as she spoke

и она швырнула в нее ребенка, пока говорила

"I must go and get ready to play croquet with the queen"

«Мне нужно идти и готовиться к игре в крокет с дамой»

and she hurried out of the room

И она поспешно вышла из комнаты

Alice caught the baby with some difficulty

Алиса поймала малыша с некоторым трудом

because it was a very odd-shaped little creature

Потому что это было маленькое существо очень странной формы

and the baby held out its arms and legs in all directions

и младенец протягивал свои ручки и ножки во все стороны

"I better take this child away with me," thought Alice

"Я лучше возьму этого ребенка с собой", - подумала Алиса

"they're sure to kill this baby in a day or two"

«Они наверняка убьют этого ребенка через день или два»

"Wouldn't it be murder to leave this baby behind?"

«Разве не было бы убийством оставить этого ребенка?»

She said the last words out loud

Последние слова она произнесла вслух

and the little thing grunted in reply

И малышка хмыкнула в ответ

"you best not turn into a pig, my dear," said Alice

- Тебе лучше не превращаться в свинью, моя дорогая, - сказала Алиса

"or else I'll have nothing more to do with you"

«Или я больше не буду иметь с вами ничего общего»

Alice was just beginning to think to herself:
Алиса только начинала думать про себя:
"Now, what am I to do with this creature, when I get it home?"
— Что же мне делать с этим существом, когда я вернусь домой?
but then the little creature grunted a little violently
Но тут маленькое существо немного сильно заворчало
and Alice looked down into its face in some alarm
и Алиса с некоторой тревогой посмотрела ему в лицо
This time there could be no mistake about it
На этот раз ошибки быть не могло
it was neither more nor less than a pig
это была не больше и не меньше свинья
so she set the little creature down
Поэтому она усадила маленькое существо
and the little creature trot away quietly into the wood
и маленькое существо тихо побежало рысью в лес
Alice felt quite relieved to see the creature go
Алиса почувствовала облегчение, увидев, как существо ушло
Alice was a little startled by seeing the Cheshire-Cat
Алиса была немного поражена, увидев Чеширского Кота
it was sitting on a bough of a tree a few yards off
он сидел на ветке дерева в нескольких ярдах от него
The cat only grinned when it saw her
Кошка только ухмыльнулась, увидев ее
"Cheshire-cat," began Alice, rather timidly
-- Чеширский кот, -- робко начала Алиса
"would you please tell me which way I ought to go from here?"
— Не могли бы вы сказать мне, в какую сторону мне следует идти отсюда?
"In that direction," the cat said
— В ту сторону, — ответил кот
and it waved the right paw around
и он взмахнул правой лапой по кругу

"In that direction lives a maker of hats"

«В том направлении живет производитель шляп»

and then the cat waved its other paw

И тогда кошка махнула другой лапой

"and in that direction lives a march hare"

"И в ту сторону живет мартовский заяц"

"Visit either you like; they're both mad"

— Приходите в любой из них, как вам угодно; Они оба сумасшедшие».

"But I don't want to go among mad people," Alice remarked

— Но я не хочу ходить среди сумасшедших, — заметила Алиса

"Oh, you can't help that," said the Cat

— О, ничего не поделаешь, — сказал Кот

"we're all mad here"

«Мы все здесь с ума сходим»

"are you playing croquet with the queen today?"

«Ты сегодня играешь в крокет с дамой?»

"I would like to very much," said Alice

- Мне бы очень хотелось, - сказала Алиса

"but I haven't been invited yet"

"но меня еще не пригласили"

"You'll see me there," said the Cat

— Ты увидишь меня там, — сказал Кот

and from one moment to the next the cat vanished

И то и дело кошка исчезала

soon Alice got in sight of the house of the march hare

Вскоре Алиса увидела домик мартовского зайца

this was a very large house

Это был очень большой дом

so Alice did not want to go near the house

поэтому Алиса не хотела приближаться к дому

first she had to nibble some more of the left side bit of mushroom

Сначала ей нужно было откусить еще немного гриба с левой стороны

a mad tea-party

Безумное чаепитие

In front of the house there was a tree

Перед домом росло дерево

and under the tree there was a table

а под деревом стоял стол

and the table was set with all sorts of cutlery

а стол был накрыт всевозможными столовыми приборами

the march hare and the hat maker were at the table

За столом сидели мартовский заяц и шляпник

and together they were having tea

и вместе они пили чай

a dormouse was sitting between them

Между ними сидела соня

and the dormouse was fast asleep

а соня крепко спала

The table was of extraordinary size

Стол был необычайных размеров

but most of the table was unoccupied

Но большая часть стола была пуста

they sat crowded together at one corner of the table

Они теснились друг к другу в одном углу стола

and yet they made excuses when they saw Alice

и все же они находили оправдания, когда видели Алису

"No room! No room!" they cried out

«Нет места! Нет места!» — закричали они

"There's plenty of room!" said Alice indignantly

-- Здесь много места, -- возмутилась Алиса

at one end of the table there was a large arm-chair

На одном конце стола стояло большое кресло

and Alice sat herself in the armchair

и Алиса уселась в кресло

the hat maker opened his eyes very wide

Шляпник широко раскрыл глаза

he couldn't believe what he was seeing

Он не мог поверить в то, что видел

but his mind was curious about other things

Но его ум был любопытен к другим вещам
"Why is a raven like a writing-desk?"
«Почему ворон похож на письменный стол?»
Alice was open to the challenge
Элис была открыта для вызова
"I'm glad they've begun asking riddles"
«Я рад, что они начали задавать загадки»
"I believe I can guess that," she added aloud
— Кажется, я догадываюсь об этом, — добавила она вслух
The march hare grew curious about Alice
Походный заяц заинтересовался Алисой
"Do you really think you can find the answer?"
«Вы действительно думаете, что сможете найти ответ?»
"I think I can find the answer indeed," said Alice
- Кажется, я действительно найду ответ, - сказала Алиса
"Then you should say what you mean," the march hare went on
— Тогда ты должен сказать, что ты имеешь в виду, — продолжал походный заяц
"I do say what I mean," Alice hastily replied
-- Я говорю то, что имею в виду, -- поспешно ответила Алиса
"at the very least I mean what I say"
«по крайней мере, я имею в виду то, что говорю»
"that's the same thing, you know"
«Это одно и то же, знаешь ли»
the dormouse also contributed to the conversation
Соня тоже внесла свой вклад в разговор
but the dormouse seemed to be talking in its sleep
Но соня словно разговаривала во сне
"I breathe when I sleep"
«Я дышу, когда сплю»
"I sleep when I breathe!"
«Я сплю, когда дышу!»
"you might as well say they are the same too"
«С таким же успехом можно сказать, что они тоже одно и то же»

"It is the same thing with you," said the hat maker
«То же самое и с вами», — сказал шляпник
and he poured a little tea on the dormouse's nose
И он налил немного чая на нос сони
The Dormouse shook its head impatiently
Соня нетерпеливо покачала головой
and again the dormouse spoke, without opening its eyes
И снова соня заговорила, не открывая глаз
"Of course, of course it is the same"
«Конечно, конечно, это то же самое»
"that's just what I was going to say myself"
«Это просто то, что я собирался сказать сам»

The hat maker turned to Alice and asked another question
Шляпник повернулся к Алисе и задал еще один вопрос
"Have you guessed the riddle yet?"
— Ты уже разгадал загадку?
"No, I give up," Alice conceded
— Нет, я сдаюсь, — согласилась Алиса
"What's the answer?" she wanted to know

«Каков ответ?» — спросила она
"I haven't the slightest idea," said the hat maker
— Я понятия не имею, — сказал шляпник
"Nor do I know," said the march hare
— И я тоже не знаю, — сказал походный заяц
Alice gave a weary sigh
Алиса устало вздохнула
"there are better uses of time than riddles without answers"
«Есть лучшее применение времени, чем загадки без
ответов»
"have some more tea," the march hare said to Alice, very
earnestly
-- Выпей еще чаю, -- очень серьезно сказал Алисе
Мартовский Заяц
Alice was quite offended by the offer
Алиса была весьма оскорблена этим предложением
"I've had not had tea yet," Alice replied
— Я еще не пила чай, — ответила Алиса
"therefore I can't have any more tea"
«Поэтому я больше не могу пить чай»
"You mean you can't have less tea," said the hat maker
«Ты хочешь сказать, что не можешь пить меньше чая», —
сказал шляпник
"it's very easy to take more than nothing"
«Очень легко взять больше, чем ничего»
At this, Alice got up and walked off
С этими словами Алиса встала и пошла прочь
The dormouse fell asleep instantly
Соня мгновенно уснула
and neither of the others took the least notice of her going
и никто из остальных не обратил ни малейшего внимания
на ее уход
though she looked back once or twice
хотя она оглянулась один или два раза назад
they were trying to put the dormouse into the tea-pot
Они пытались засунуть соню в чайник
"At any rate, I'll never go there again!" said Alice

- Во всяком случае, я никогда больше туда не поеду, - сказала Алиса

and she walked her way through the woods

И она шла по лесу

"that was the stupidest tea-party I've ever been to"

«Это было самое глупое чаепитие, на котором я когда-либо был»

Just as she said this, she noticed something

Как только она сказала это, она что-то заметила

one of the trees had a door leading right into it

На одном из деревьев была дверь, ведущая прямо в него

"That's very interesting!" she thought

«Это очень интересно!» — подумала она

"I think I may as well go through the door"

— Думаю, я могу пройти через дверь.

And through the door she went

И через дверь она вошла

Once more she found herself in the long hall

И снова она очутилась в длинном зале

again she was close to the little glass table

Она снова подошла к маленькому стеклянному столику

she took the little golden key

Она взяла маленький золотой ключик

and she unlocked the door that led into the garden

И она отперла дверь, ведущую в сад

Then she set to work nibbling at the mushroom

Затем она принялась грызть гриб

she had kept a piece of the mushroom in her pocket

Она держала в кармане кусочек гриба

and finally she was about a metre tall

И, наконец, она была около метра ростом

then she walked down the little corridor

Затем она пошла по маленькому коридору

and then she finally found herself in the beautiful garden

И вот она, наконец, оказалась в прекрасном саду

and she was among the bright flower and the cool fountains

И она была среди ярких цветов и прохладных фонтанов

The queen's croquet ground
Площадка для крокета королевы

A large rose-tree stood near the entrance of the garden
Большое розовое дерево стояло у входа в сад
the roses growing on the tree were white
Розы, растущие на дереве, были белыми
but there were three gardeners painting the rose
Но было три садовника, которые рисовали розу
they were busily painting the roses red
Они деловито красили розы в красный цвет
and Alice was watching them paint the roses red
и Алиса смотрела, как они красят розы в красный цвет
and suddenly their eyes chanced to fall upon Alice
и вдруг их взгляд случайно упал на Алису
Alice spoke a little timidly
Алиса заговорила немного робко
"Would you tell me, please;"
— Не могли бы вы рассказать мне, пожалуйста?
"why are you all painting those roses?"
«Почему вы все рисуете эти розы?»
five and seven said nothing, but looked at two
Пять и семь ничего не сказали, но посмотрели на двоих
two spoke, in a low voice
двое говорили тихим голосом
"Why, the fact is, you see, madam"
— Ну, дело в том, видите ли, сударыня.
"this here ought to have been a red rose-tree"
— Это должно было быть красное розовое дерево.
"and we put a white rose-tree in by mistake"
«И мы по ошибке посадили белое розовое дерево»
"as you would agree, the queen must not find out"
«Согласитесь, королева не должна об этом узнать»
"else we would all have our heads cut off"
«Иначе нам бы всем отрубили головы»
"So you see, madam, we're doing our best"
«Итак, вы видите, мадам, мы делаем все, что в наших силах»

card five had been anxiously looking across the garden

Пятая карта с тревогой смотрела на сад

At this moment card five called out, "The queen! The queen!"

В этот момент пятая карта крикнула: «Дама! Королева!

and the three gardeners instantly scurried away

И трое садовников мгновенно поспешили прочь

and they threw themselves flat upon their faces

и они бросились лицом к лицу

There was a sound of many footsteps

Послышались многочисленные шаги

Alice looked around, eager to see the queen

Алиса оглянулась, желая увидеть королеву

At the start of the procession were ten soldiers

В начале процессии стояли десять солдат

their hands and feet were in the corners

их руки и ноги лежали по углам

and in their hands and feet were clubs

и в руках и ногах у них были дубинки

next came the ten courtiers

Далее шли десять придворных

the courtiers were ornamented all over with diamonds

Придворные были украшены бриллиантами

After the courtiers came the royal children

Вслед за придворными шли царские дети

there were ten of the royal children

Царских детей было десять

and all the royal children were ornamented with hearts

и все царские дети были украшены сердечками

Next came the guests; mostly kings and queens

Затем пришли гости; В основном короли и королевы

and among the kings and queen Alice saw someone

а среди королей и королевы Алиса увидела кого-то

she saw again the white rabbit she had chased

Она снова увидела белого кролика, за которым гналась

The procession was followed the knave of hearts

За процессией следовал валет сердец

he was carrying the king's crown

Он нес корону короля

and the king's crown was on a crimson velvet cushion

Корона царя лежала на подушке из малинового бархата

and then came the end of this grand procession

И вот наступил конец этой грандиозной процессии

and there at the end were the king and queen of hearts

И вот в конце были король и королева червей

the procession came opposite to Alice

процессия шла противоположно Алисе

and they all stopped and looked at her

И все они остановились и посмотрели на нее

and the queen said severely, "Who is this?"

И царица строго спросила: "Кто это?"

She said it to the Knave of Hearts

Она сказала это Валету Червей

but he just bowed and smiled in reply

Но он только поклонился и улыбнулся в ответ

Alice spoke very politely

Алиса говорила очень вежливо

"My name is Alice, so please your majesty"

"Меня зовут Алиса, пожалуйста, ваше величество"

but she had other thoughts to herself

Но у нее были другие мысли

"they're only a pack of cards, after all!"

— В конце концов, это всего лишь колода карт!

"Can you play croquet?" shouted the queen

"Ты умеешь играть в крокет?" - закричала королева

The question was evidently meant for Alice

Вопрос, очевидно, предназначался для Алисы

"Yes!" said Alice loudly

"Да!" - громко сказала Алиса

"Come play then!" roared the queen

"Тогда давай играть!" - закричала королева

a timid voice spoke to Alice

робкий голос обратился к Алисе

"it's a very fine day!"

«Сегодня очень хороший день!»
She was walking by the white rabbit
Она шла мимо белого кролика
and the White Rabbit was peeping anxiously into her face
а Белый Кролик с тревогой заглядывал ей в лицо
"a very fine day indeed," confirmed Alice
- Очень хороший день, - подтвердила Алиса
"Where's the duchess?"
— Где герцогиня?
"Hush! Hush!" said the Rabbit
«Тише! Тише!» — сказал Кролик
"She's under sentence of execution"
«Она приговорена к смертной казни»
"What is she being executed for?" asked Alice
"За что ее казнят?" - спросила Алиса
"She scuffed the queen's ears," the rabbit began
— Она поцарапала королеве уши, — начал кролик
the queen shouted in a voice of thunder
— закричала королева громовым голосом
"Get to your places!"
«Идите по своим местам!»
and people began running about in all directions
и люди начали бегать во все стороны
and they all tumbled up against each other
и все они навалились друг на друга
However, they got settled down in a minute or two
Тем не менее, они успокоились через минуту или две
and then the game began
И тут началась игра
Alice had never seen such a curious croquet ground
Алиса никогда не видела такой любопытной площадки
для крокета
the grass was all ridges and furrows
Трава была сплошь в гребнях и бороздах
The croquet balls were real hedgehogs
Крокетные шары были настоящими ежами
and the mallets were real flamingos

А молотки были настоящими фламинго
and the soldiers stood on their hands and feet
и воины стояли на руках и ногах
because the arches was made from their bodies
потому что арки были сделаны из их тел
The players all played at once
Все игроки играли одновременно
nobody waited for their turns
Никто не ждал своей очереди
and everyone quarrelled with everyone
и все со всеми переругались
and all were fighting for the hedgehogs
и все дрались за ежей
soon the queen was in a furious passion
Вскоре королева пришла в бешеную страсть
and she started stamping about and shouting
И она начала топать ногами и кричать
"Chop off his head!"
«Отрубите ему голову!»
"Chop off her head!"
«Отрубите ей голову!»
"Chop all their heads off!"
«Отрубите им все головы!»
Again Alice thought to herself
И снова Алиса подумала про себя
"They're dreadfully fond of beheading people here"
«Здесь ужасно любят обезглавливать людей»
"the great wonder is that there's anyone left alive!"
«Великое чудо в том, что кто-то остался в живых!»
She was looking about for some way of escape
Она искала какой-нибудь способ сбежать
she noticed a curious appearance in the air
Она заметила любопытное появление в воздухе
"It's the Cheshire-cat," she said to herself
«Это чеширский кот», — сказала она себе
"now I shall have somebody to talk to"
— Теперь мне будет с кем поговорить.

"How are you getting on?" said the cat

"Как у тебя дела?" - спросил кот

"I don't think they play at all fairly," Alice said

«Я не думаю, что они играют честно», — сказала Элис

and she had a rather complaining tone

и у нее был довольно жалобный тон

"they all quarrel so dreadfully"

«Они все так ужасно ссорятся»

"one can't hear oneself speak"

«Человек не слышит своей речи»

"and they don't seem to play by any rules"

"И они, похоже, не играют ни по каким правилам"

the cat asked Alice a question in a low voice

Кошка вполголоса задала вопрос Алисе

"How do you like the queen?"

— Как тебе королева?

"I don't like her at all," said Alice

— Она мне совсем не нравится, — сказала Алиса

Alice thought she might as well go back

Алиса подумала, что с таким же успехом она могла бы вернуться

she wanted to see how the game was going

Она хотела посмотреть, как идет игра

she went off in search of her hedgehog

Она отправилась на поиски своего ежа

The hedgehog was busy fighting another hedgehog

Ежик был занят борьбой с другим ежом

this was an excellent opportunity

Это была отличная возможность

she could croquet one hedgehog with the other

Она могла крокет одного ежа с помощью другого

but her flamingo was on the other side of the garden

Но ее фламинго был на другой стороне сада

the flamingo was rather clumsy

Фламинго был довольно неуклюжим

her flamingo was trying to fly up into a tree

Ее фламинго пытался взлететь на дерево

She caught the flamingo by the leg

Она схватила фламинго за ногу

and she tucked the flamingo away under her arm

И она спрятала фламинго под мышку

that way the flamingo couldn't escape again

Таким образом, фламинго больше не сможет сбежать

Just then Alice happened to meet the duchess

Как раз в этот момент Алиса случайно познакомилась с герцогиней

The duchess was now out of prison

Герцогиня вышла из тюрьмы

She tucked her arm affectionately under Alice's arm

Она нежно подложила руку под руку Алисы

and then they walked off together

А потом они ушли вместе

Alice was very glad to find her in such a pleasant temper

Алиса была очень рада застать ее в таком приятном расположении духа

She was a little startled, however
Однако она была немного поражена
she heard the voice of the duchess close to her ear
Она слышала голос герцогини близко к своему уху
"You're thinking about something, my dear"
«Ты о чем-то думаешь, моя дорогая»
"and that makes you forget to talk"
«И из-за этого ты забываешь говорить»
"The game's going on rather better now," Alice said
"Игра теперь идет гораздо лучше", - сказала Алиса
it was one way of keeping the conversation going
Это был один из способов поддержать разговор
"it is so indeed," said the duchess
— Это действительно так, — сказала герцогиня
"and the moral of that is this:"
— И мораль этого такова:
"It is love that does it all!"
«Это любовь, которая делает все!»
"Love is what makes the world go around"
«Любовь – это то, что заставляет мир вращаться»
Alice had another explanation
У Алисы было другое объяснение
"it's done by everybody minding his own business!"
«Это делает каждый, кто занимается своим делом!»
"Ah, well! You could be right"
— Ну, ну! Возможно, вы правы»
"It all means much the same thing," said the Duchess
— Все это означает одно и то же, — сказала герцогиня
and she dug her sharp little chin into Alice's shoulder
и она уткнулась своим острым маленьким подбородком в плечо Алисы
"and the moral of that is this"
«И мораль этого такова»
"Take care of the sense"
«Позаботьтесь о чувствах»
"and then the sounds will take care of themselves"
"И тогда звуки позаботятся о себе сами"

but then the duchess's arm began to tremble

Но тут рука герцогини задрожала

Alice looked up and there stood the queen

Алиса подняла голову и увидела королеву

the queen had her arms folded

Королева сложила руки на груди

and she was frowning like a thunderstorm!

И она хмурилась, как гроза!

"I give you fair warning," shouted the queen

— Честно предупреждаю, — закричала королева

and she stomped on the ground as she spoke

и она топала по земле, пока говорила

"either your head or her head must be off"

«Либо твоя голова, либо ей голова должна быть оторвана»

"Take your choice!"

«Выбирай сам!»

"and be quick about it"

«И поторопитесь»

The duchess made her choice

Герцогиня сделала свой выбор

and within a moment the duchess was gone

И через мгновение герцогиня исчезла

Then the queen spoke to Alice

Затем королева обратилась к Алисе

"Let's go on with the game"

«Давай продолжим игру»

Alice was too frightened to say a word

Алиса была слишком напугана, чтобы сказать хоть слово

and she slowly followed her back to the croquet-ground

И она медленно последовала за ней обратно на крокетную площадку

the whole time the queen quarrelled with the other players

Все это время ферзь ссорился с другими игроками

"Chop off his head!"

«Отрубите ему голову!»

"Chop off her head!"

«Отрубите ей голову!»

"Chop all their heads off!"
«Отрубите им все головы!»
soon all the players were in custody
Вскоре все футболисты оказались под стражей
only the king, the queen, and Alice remained
остались только король, королева и Алиса
Then the queen left, quite out of breath
Затем королева ушла, совершенно запыхавшись
and she walked away with Alice
и она ушла с Алисой
Alice heard the king quietly say something
Алиса услышала, как король что-то тихо сказал
"You are all pardoned"
«Вы все прощены»
but suddenly there was another cry heard
Но вдруг раздался еще один крик
"The trial is beginning!"
«Суд начинается!»
and Alice ran along with the others
и Алиса побежала вместе с остальными

who stole the tarts?

Кто украл пирожные?

The king and queen of hearts were seated

Король и королева червей сидели

they were on their throne when Alice arrived

они были на своем троне, когда появилась Алиса

there was a great crowd assembled around them

Вокруг них собралась огромная толпа

there were all sorts of little birds and beasts

там были всякие мелкие птички и звери

and there was the whole pack of cards

И там была целая колода карт

the knave was standing in front of them, in chains

Плут стоял перед ними, закованный в цепи

and there was a soldier on each side to guard him

и с каждой стороны было по солдатам, чтобы охранять его

near the King was the white rabbit

рядом с королем был белый кролик

he had a trumpet in one hand

В одной руке у него была труба

and he had a scroll of parchment in the other hand

а в другой руке у него был свиток пергамента

In the very middle of the court was a table

В самом центре двора стоял стол

on the table was a large dish of tarts

На столе стояло большое блюдо с пирогами

"I wish they'd get the trial done," Alice thought

"Жаль, что они не довели дело до суда", - подумала Алиса

"then we could eat some of those refreshments!"

«Тогда мы могли бы съесть немного этих угощений!»

The judge, by the way, was the king

Судьей, кстати, был король

and he wore his crown over his great wig

и он носил свою корону поверх своего большого парика

"That's the jury-box," thought Alice

"Вот это ложа присяжных", - подумала Алиса

"and those twelve creatures, I suppose they are the jurors"

— И эти двенадцать созданий, полагаю, они и есть присяжные.

some were animals, and some were birds

некоторые из них были животными, а некоторые птицами

Just then the white rabbit cried out

В этот момент белый кролик закричал

"Silence in the court!"

«Тишина в суде!»

"Herald, read the accusation!" said the king

"Герольд, прочтите обвинение!" - сказал король

the white rabbit blew three blasts on the trumpet

Белый Кролик трижды подул в трубу

then he unrolled the parchment-scroll

Затем он развернул пергаментный свиток

and he read as follows:

И он прочитал следующее:
"The queen of hearts, she made some tarts,"
«Королева червей, она приготовила несколько пирогов».
"All this she did on a summer day"
«Все это она сделала в летний день»
"The knave of hearts, he stole those tarts"
«Мошенник червей, он украл эти пироги»
"And he took those tarts far away!"
«И он унес эти пироги далеко!»
"Call the first witness," said the king
«Позовите первого свидетеля», — сказал король
and the white rabbit blew three blasts on the trumpet
И Белый Кролик трижды трубил в трубу
"bring the first witness!" he called out
«Приведите первого свидетеля!» — крикнул он
The first witness was the hat maker
Первым свидетелем был шляпник
he came in with a teacup in one hand
Он вошел с чашкой в одной руке
and he had a piece of bread and butter in the other hand
а в другой руке у него был кусок хлеба с маслом
"You ought to have finished," said the King
— Вы должны были закончить, — сказал король
"When did you begin?"
— Когда вы начали?
The hat maker looked at the march hare
Шляпник посмотрел на походного зайца
the march hare had followed him into the court
Мартовский заяц последовал за ним во двор
he had walked arm in arm with the dormouse
Он шел рука об руку с соней
"Fourteenth of March, I think it was," he said
«Кажется, это было четырнадцатое марта», — сказал он
"Give your evidence," said the king
"Дайте свои показания, - сказал король
"and don't be nervous, or I'll have you executed on the spot"
«И не нервничай, а то я прикажу казнить тебя на месте»

This did not seem to encourage the witness at all

Это, казалось, нисколько не воодушевило свидетеля

he kept shifting from one foot to the other

Он то и дело переминался с ноги на ногу

and he looked uneasily at the queen

И он с беспокойством посмотрел на королеву

and, in his confusion, he bit a large piece out of his teacup

и в смущении он откусил большой кусок от своей чашки

really he meant to bite from his bread and butter

На самом деле он хотел откусить кусок от своего хлеба с маслом

Just at this moment Alice felt a very curious sensation

Как раз в этот момент Алиса почувствовала очень любопытное ощущение

she was beginning to grow larger again

Она снова начала расти

The miserable hat maker dropped his teacup

Несчастный шляпник выронил свою чашку

and the bread and butter fell to the ground

и хлеб с маслом упал на землю

and he went down on one knee

И он опустился на одно колено

"I'm a poor man, your majesty," he began

— Я бедный человек, ваше величество, — начал он

"You're a very poor speaker," said the king

— Вы очень плохо говорите, — сказал король

"You may go," said the king

"Ты можешь идти, - сказал король

and the hat maker hurriedly left the court

И шляпник поспешно покинул двор

"Call the next witness!" said the king

"Позовите следующего свидетеля!" - сказал король

The next witness was the duchess's cook

Следующим свидетелем была кухарка герцогини

She carried the pepper-box in her hand

В руке она держала пепперницу

and the people near the door began sneezing all at once

И люди у двери вдруг начали чихать
"Give your evidence," said the king
"Дайте свои показания, - сказал король
"I shall give no evidence," said the cook
— Я не дам никаких показаний, — сказала кухарка
The king looked anxiously at the white rabbit
Король с тревогой посмотрел на белого кролика
and the white rabbit spoke in a quiet voice
И белый кролик заговорил тихим голосом
"your majesty must cross-examine this witness"
«Ваше Величество должно подвергнуть перекрестному допросу этого свидетеля»
"Well, if I must, I must," the king said
«Ну, если я должен, я должен», — сказал король
"What are tarts made of?"
«Из чего делают пироги?»
"tarts are made of pepper, mostly," said the cook
«Пироги в основном из перца», — сказал повар
For some minutes the whole court was in confusion
В течение нескольких минут весь двор пребывал в смятении
eventually they all settled down again
В конце концов они все снова успокоились
but by then the cook had disappeared
Но к тому времени повар исчез
"Never mind!" said the king
"Ничего!" - сказал король
"call to the stand the next witness"
«Вызовите к трибуне следующего свидетеля»
Alice watched the white rabbit as he fumbled over the list
Алиса наблюдала за белым кроликом, пока он шарил над списком
you can imagine her surprise at what she heard next
Вы можете представить себе ее удивление от того, что она услышала дальше
at the top of his shrill little voice, he called the name "Alice!"
Во весь голос он выкрикнул имя: «Алиса!»

Alice's evidence
Доказательства Алисы

"Here!" cried Alice

"Сюда!" - закричала Алиса

She jumped up in a great hurry

Она вскочила в большой спешке

and she tipped over the jury-box

и она опрокинула ложу присяжных

and she knocked over all the jurymen

и она опрокинула всех присяжных заседателей

and they fell on to the heads of the crowd below

и они падали на головы толпы внизу

Alice was in great dismay

Алиса была в сильном смятении

"Oh, I beg your pardon!" she exclaimed

"О, прошу прощения!" - воскликнула она

"The trial cannot proceed," said the king

- Суд не может продолжаться, - сказал король

"the jurymen must get back in their proper places"

«Присяжные должны вернуться на свои места»

he repeated the order with great emphasis

Он повторил приказ с большим акцентом

and he looked at Alice sternly

и он строго посмотрел на Алису

"What do you know about these events?" the king asked Alice

"Что ты знаешь об этих событиях?" - спросил король у Алисы

"I know nothing on the subject," said Alice

- Я ничего не знаю по этому поводу, - сказала Алиса

The king then read from his book

Затем король прочитал отрывок из своей книги

"Rule forty two"

«Правило сорок два»

"All persons more than a mile high are to leave the court"

«Все лица, находящиеся на высоте более мили, должны покинуть двор»

"I'm not a mile high," said Alice

— Я не выше мили, — сказала Алиса

"Nearly two miles high," said the Queen

«Почти две мили высотой», — сказала королева

"Well, I refuse to go," said Alice

- Ну, я отказываюсь идти, - сказала Алиса

The king turned pale

Король побледнел

and he shut his note-book hastily

и он поспешно закрыл свою записную книжку

"Consider your verdict," he said to the jury

«Обдумайте свой вердикт», — сказал он присяжным

he spoke in a low, trembling voice

Он говорил низким, дрожащим голосом

then the white rabbit spoke

Тогда заговорил белый кролик

"There's more evidence to come yet"

«Еще больше доказательств впереди»

and he jumped up in a great hurry

И он вскочил в большой спешке
"This paper has just been picked up"
"Эту бумагу только что подхватили"
"It seems to be a letter written by the prisoner"
«Кажется, это письмо, написанное заключенным»
He unfolded the paper as he spoke
Говоря это, он разворачивал бумагу
"It isn't a letter, after all"
— В конце концов, это не письмо.
"what it was was a set of verses"
«То, что это было, было набором стихов»
"Please, your majesty," said the knave
— Пожалуйста, ваше величество, — сказал плут
"I didn't write those verses"
«Не я писал эти стихи»
"and they can't prove that I wrote anything"
"и они не могут доказать, что я что-то написал"
"there's no name signed at the end"
«В конце нет подписи имени»
the king spoke to the knave
Король обратился к мошеннику
"You must have meant to cause some mischief"
«Ты, должно быть, хотел причинить какой-то вред»
"else you'd have signed your name like an honest man"
«Иначе вы бы подписались как честный человек»
There was a general clapping of hands
Раздались общие хлопки в ладоши
and the king turned to the white rabbit
И король повернулся к белому кролику
"Read the verses," he ordered
— Читай стихи, — приказал он
There was dead silence in the court
Во дворе воцарилась мертвая тишина
and the white rabbit read out the verses
И белый кролик прочитал стихи
They told me you had been to her
Они сказали мне, что ты был у нее

And they mentioned me to him

И они упомянули обо мне ему

She gave me a good character

Она дала мне хороший характер

But she said I could not swim

Но она сказала, что я не умею плавать

He sent them word I had not gone

Он сообщил им, что я не поехал

We know it to be true

Мы знаем, что это правда

If she should push the matter on, what would become of you?

Если она будет настаивать на этом, что станет с вами?

I gave her one, they gave him two

Я дал ей одну, они дали ему две

You gave us three or more

Вы дали нам три или больше

They all returned from him to you

Все они вернулись от него к вам

although they were mine before

хотя раньше они были моими

If I or she should chance to be

Если мне или ей случится быть

If I or she were involved in this affair

Если бы я или она были вовлечены в это дело

He trusts to you to set them free

Он доверяет вам в том, что вы освободите их

Exactly as we were

Точно такими же, какими мы были

My notion was that you had been

Я думал, что вы были

Before she had this fit

До того, как у нее случился этот припадок

An obstacle that came between

Препятствие, которое оказалось между

Him, and ourselves, and it

Он, и мы сами, и оно

Don't let him know she liked them best

Не говорите ему, что они ей понравились больше всего

For this must for ever be a secret, kept from all the rest

Ибо это должно быть навсегда тайной, хранимой от всего остального

This secret must remain a secret between yourself and me

Эта тайна должна остаться тайной между тобой и мной

the king was very impressed

Король был очень впечатлен

"That's the most important piece of evidence we've heard yet"

«Это самое важное доказательство, которое мы когда-либо слышали»

"I don't believe those verses carry an atom of meaning," objected Alice

— Я не верю, что в этих стихах есть хоть капля смысла, — возразила Алиса

the King had his own opinion on the matter

у короля было свое мнение по этому поводу

"If there's no meaning in those words, that saves a world of trouble"

«Если в этих словах нет смысла, это спасает мир неприятностей»

"then we needn't try to find the meaning"

«Тогда нам не нужно пытаться найти смысл»

"Let the jury consider their verdict"

«Пусть присяжные обдумают свой вердикт»

"No, no!" said the queen

"Нет, нет!" - сказала королева

"Sentencing first—verdict afterwards"

«Сначала вынесение приговора, а потом приговор»

"Stuff and nonsense!" said Alice loudly

"Чепуха и чепуха!" - громко сказала Алиса

"how silly it is to sentence the defendant first!"

«Как глупо выносить приговор подсудимому первым!»

"Hold your tongue!" said the queen, turning purple

"Попридержи язык!" - сказала королева, побагровев

"I will not hold my tongue!" said Alice

- Я не буду держать язык за зубами, - сказала Алиса

the queen shouted at the top of her voice

Королева закричала во весь голос

"chop off her head!"

«Отруби ей голову!»

Nobody made a movement

Никто не сделал движения

"Who cares what you say?" said Alice

"Какая разница, что ты говоришь?" - сказала Алиса

she had grown to her full size by this time

К этому времени она уже выросла до своего полного роста

"You're nothing but a pack of cards!"

«Ты всего лишь колода карт!»

At this, all the cards rose up in the air

При этом все карты поднялись в воздух

and all the cards came flying down upon her

и все карты полетели на нее
she gave a little scream
Она слегка вскрикнула
she was half afraid, but also angry
Она была наполовину напугана, но и зла
and she tried to fight the cards off of herself
И она попыталась отбить у себя карты
and then she found herself lying on the grass bank
А потом обнаружила, что лежит на травяном берегу
her head was in the lap of her sister
Ее голова лежала на коленях сестры
some dead leaves had landed on her face
Несколько опавших листьев упали ей на лицо
and her sister was gently brushing the leaves away
а ее сестра осторожно смахивала листья
"Wake up, Alice dear!" said her sister
"Проснись, Алиса, дорогая!" - сказала ее сестра
"what a long sleep you've had!"
«Как долго ты спал!»
"Oh, I've had such a curious dream!" said Alice
"О, мне приснился такой странный сон!" - сказала Алиса
And she told her sister all she could remember
И она рассказала сестре все, что помнила
all the strange adventures that you have just been reading about
Все те странные приключения, о которых вы только что читали
Alice got up and ran off
Алиса встала и побежала прочь
and she thought, while she ran, about her dream
И пока бежала, она думала о своем сне
"what a wonderful dream it had been!"
«Какой это был чудесный сон!»

www.ingramcontent.com/pod-product-compliance
Lightning Source LLC
Chambersburg PA
CBHW011048190726
48290CB00011B/3061